DOIDÃO

JOSÉ MAURO DE VASCONCELOS

DOIDÃO

SUPLEMENTO DE LEITURA E NOTAS

LUIZ ANTONIO AGUIAR

Editora Melhoramentos

"UMA GOTA DE TERNURA
BASTARIA PARA SALVAR
SUA ADOLESCÊNCIA."

O AUTOR

Sumário

{ Primeiro Capítulo }

O COLÉGIO

O grito de minha mãe vinha de lá de dentro, imperioso:

– Vai ficar a vida inteira no banheiro?!... Olhe o colégio!... Você precisa ficar pronto para o colégio!... São quase oito horas!... Olhe o colégio!... O colégio!... COLÉGIO!... CO-LÉ-GIO...

Deus meu, como uma palavra podia tanto encher uma manhã que fora tão bonita! Diabo de tanto colégio! Besteira a gente sentar a bunda num banco de madeira e passar a vida inteira ouvindo sobre Matemática, Religião, Geografia... Não, Geografia, não. Como era bom saber o nome de tudo, dos rios, dos países. Quando vinha minha caderneta de nota os comentários sempre apareciam da mesma forma: Geografia é matéria de vadio, vagabundo...

Colégio!...

E quando iria acabar aquela angústia toda? Breve faria catorze anos e depois que operara a garganta[1] até que parecia mais. E por parecer mais é que me demorava fascinado decorando o meu rosto no espelho. Espinha não queria dizer nada, porque com o tempo passava. Duro era o nariz. Nariz de batatinha-roxa, nojento. Nojento, pois que meus olhos pequenos, meu cabelo ondulado, meu pescoço que ficara forte e

1. Em *Vamos Aquecer o Sol*, Zezé é submetido à operação de extração das amígdalas. Localizadas na entrada da garganta, as amígdalas servem de primeira barreira contra a passagem de germes. Na época, era comum se fazer essa cirurgia. Hoje, é realizada somente nos casos de inflamação crônica.

o jeito que meu peito tomava por causa da natação praticada às escondidas no Rio Potengi[2]. Mas o nariz... pra que a gente tinha nariz? Meu tio possuía um digno nariz de papagaio, mas era nariz. Depois que eu li o baile de um livro chamado 4 *Mulheres* e que uma menina colocou um pregador de roupa no nariz para afiná-lo, foi pior. Fiz a mesma coisa e, em vez do nariz de batata, fiquei com um pimentão. Nem olhava para o povo de casa com vergonha, durante as refeições.

Colégio!...

Pronto. Vestia a farda, pegava os livros.

Olhe o bonde[3]!...

Que bonde que nada, guardava os duzentos réis[4] e subia a ladeira a pé. No recreio tomaria o dinheiro de sorvete de coco. Toca a subir a ladeira da Junqueira Aires voando, porque assim, quando chegasse na Praça do Palácio, encontrava Tarcísio Medeiros e a gente ia passar em frente à casa de Ieda. Como Ieda era linda, mais velha que a gente e namorava com mais dois primos meus. Me lembro que a primeira vez que encostei[5], e acho que foi a única, nem sabia o que dizer, mas quando saí me sentia homem pra burro. Ieda ficava de longe dando adeus, comendo o sapoti[6] que a gente levava de merenda. Muitas vezes Ieda desaparecia da janela de um puxavão: era a mãe. A gente então abria na carreira.

Afogueado, esperava Tarcísio na praça. Lá vinha ele. Magro, moreno, calado, bonzinho. Eu tinha uma inveja

2. É o principal rio do Rio Grande do Norte. Na sua foz, foi fundada a cidade de Natal.
3. Transporte urbano sobre trilhos, nessa época já movido a eletricidade.
4. Réis é o plural de real, moeda vigente no país até 1942.
5. Gíria da época que se referia a um casal trocando carícias.
6. Fruta popular no Nordeste, da árvore conhecida como sapotizeiro.

danada dele. As calças de sua farda eram boca de sino[7], o máximo da elegância. As minhas não, estreitas, meio curtas. Quando ia até o quadro-negro, ouvia comentários dos inimigos.

– Calça de "soronha[8]"! Pega-Bode! Protegido!

Mas que eu era protegido mesmo, lá isso era. Os irmãos Maristas viviam falando, elogiando minha inteligência: "Esse menino vai longe"... "Aprende tudo com facilidade"...

Tarcísio chegava de mansinho.

– Zé, e a prova de Matemática?

Deus meu, Matemática! O meu ponto fraco, razão de meus castigos, perda de cinema, exclusão de partida de futebol onde eu era fundo de doer, mas adorava jogar. Natação, sim.

– ACORDE, Zé! Matemática.

– Só se a gente fizer como da última prova.

– Você consegue o ponto?

– Vai ser duro. Irmão Feliciano está bravo.

– E você dá um jeito?

– Como ele sabe que eu fujo das aulas para nadar e minha família não quer, eu prometo que não fujo mais e ele troca o ponto na caixinha.

– E você vai cumprir a promessa?

– Você é besta, é? Cumpro até fazer a prova, depois volto a nadar.

7. Corte de calças justas nas coxas e mais largas abaixo do joelho, com a bainha bem aberta, como um sino.

8. A palavra não consta dos principais dicionários. Em "Rua Descalça", o autor a utiliza como sinônimo da expressão que usa aqui, "**pega-bode**", ou seja, uma calça muito curta, que não cobre as canelas: "A calça meio soronha libertava um pedaço de meia azulada e um pouco da batata gorda das pernas".

– É, mas quando chegar outra prova ele desconta.

– A outra a gente faz de qualquer maneira. Porque essa é a terceira prova parcial. E, com média nas três, a quarta sendo ruim, dá pra passar.

– Zé, como é que trocam os pontos na caixinha e dá certo?

– Eu já vi. Se são doze pontos, todos os doze têm o número do ponto que a gente estudou. Depois do sorteio, Irmão Feliciano recolhe a caixa e coloca os pontos legais nela.

– E se um dia descobrem?

– Nada. Ninguém vai saber que foi ele. Os números são escritos com letra diferente. Pensa que ele é bobo?

– Por que ele gosta tanto de você?

– Porque viu a gente desde pequenininho.

– Mas ele também me viu pequenininho.

– Então é porque você não é muito bonito. Ele me trata como se eu fosse seu filho, e ninguém gosta de ter filho feio.

– Puxa, como você é convencido!

– Você não vê o meu prestígio com as mulheres?

– Grandes mulheres!

– Não são, mas vão ser, ora essa! Vamos sentar no banco do jardim?

– Vamos. Mas... e a hora?

– Temos dez minutos ainda. A gente corre. Mesmo porque é aula de irmão Amadeu; ele não zanga se a gente chegar atrasado.

Caminhamos esmagando sob as botinas as bolinhas de fícus-benjamim[9]. Plequete-plequete-plequete. Sentamos.

Olhamos as bandeiras na torre da matriz. Meus olhos sonhavam com as bandeiras. Um dia iria para a Legião

9. Árvore comumente conhecida como figueira-benjamim, ou figueira, nativa da Ásia; a árvore que produz o figo comestível é a *Ficus carica*.

Estrangeira[10]. As bandeiras significavam liberdade e vida. Já tinha feito camaradagem com os escoteiros que ficavam de guarda na torre para ajudar os navios fora da barra. Voltava a pensar na Legião Estrangeira. Via o filme *Beau Geste*[11] pedacinho por pedacinho.

– É fácil, Tarcísio. A gente comete um crime e foge pra lá. Na Legião Estrangeira ninguém se incomoda com o passado da gente.

– Quem é que você matava de gente conhecida agora mesmo para se alistar? Diga?

– O irmão diretor. Não gosto do Irmão José. O diabo me dá cada grito que não aprendo nada de Matemática.

– E como é que você o matava?

– Com aquele veneno azul da aula de Química. Dissolvia o bicho na cerveja dele.

– É, mas a aula de Química tem os armários todos fechados.

– Podia empurrar o bruto da torre da igreja. Lá de perto da janelinha do galo, por cima da janela grande dos sinos.

– E como é que um velho gordo e barrigudo ia subir as escadas da torre? Você não viu como os degraus estão estragados? Tem pedaço que a gente trepa pela beira; faltam até seis degraus seguidos.

– Você estraga tudo.

10. Força militar criada pela França, no século XIX, para atuar em suas colônias pelo mundo. Foi formada para engajar recrutas que não fossem franceses. Tinha fama romantizada de agir em regiões de intensos conflitos e, por isso, de não ser rigorosa na verificação dos antecedentes de quem se alistava em suas linhas.

11. Referência ao filme americano de 1939, estrelado por Gary Cooper, Ray Milland, Robert Preston e Susan Hayward, e dirigido por William Wellman. Baseado na obra homônima do britânico Percival Wren, publicada em 1924.

– Ué, quem falou em matar foi você!...

– É uma pena. Se Irmão José morresse a gente teria três dias feriados. Mas essa sorte a gente não vai ter não. Daqui a dois anos acabamos o curso e o diabo do velho está rijo e são...

Fazíamos silêncio e de novo a atração das bandeiras puxava meus olhos para lá. "Geografia é matéria de vadio, de vagabundo."

– Zé, eu tinha uma coisa pra te contar, mas acho que só domingo.

– Por que domingo? Conte enquanto vamos andando.

Levantamos e principiamos a caminhar.

– Domingo, se sua mãe deixasse, você ia lá em casa e a gente trepava na mangueira comum e conversava. Não precisava ninguém saber.

– Domingo está longe. Faltam três dias. Se você contar eu te conto uma coisa impressionante.

– Pois bem. Você já pensou no que vai ser quando acabar o curso?

Fiz um gesto de contrariedade instintivamente. Poucos dias antes meu pai me chamara ao consultório, e eu fui todo sem jeito. "No mínimo ele queria saber de coisas de homem pra homem, e eu tinha uma vergonha danada de falar isso com meu pai." "Um dia quando eu ficar pai"... Desanimava, a gente crescia e desgraçadamente ia ser pai como os outros o foram e teria de falar aos filhos daquele mesmo jeito constrangedor. Mas meu pai tinha feito aquela mesma pergunta que Tarcísio formulava: O que seria depois de terminado o ginasial[12]? Deus meu, nem pensava nisso.

12. Uma das etapas em que o ensino era dividido antigamente. O aluno entrava para o ginasial, geralmente, com onze anos.

Pois se domingo estava tão longe apesar de faltar três dias!... Meu pai me falara para pensar, ir aos poucos resolvendo, resolvendo, estudando minhas possibilidades, minhas tendências. E na verdade eu só pensava em nadar, em apanhar sol, em ser livre. Por certo, ele julgava que eu continuaria sua clínica como médico. Mas médico, eu? Pois sim, pegar em doença dos outros, espremer feridas, sentir mau cheiro... Já os irmãos Maristas desconfiavam que eu tinha tendências religiosas. E era tudo mentira. Porque a missa cada vez para mim ia se tornando uma coisa chata, chata, repetida, igual, sem significado como rolete de cana chupado, já sem gosto... Eu não queria era ser nada de nada. "Geografia era matéria de vagabundo, de vadio." Vinha então uma espécie de tristeza, porque algo se antecipava para mim como fracasso. Todos já estavam pensando no futuro, tentando desenhar os seus planos, e eu não pensara em nada...

– Já pensou?

– Em quê?

– No seu futuro?

– Estou quase começando a pensar. E você?

– Eu conheço você. Você não pensou em nada e não quer pensar. Como a gente é que nem irmão, você podia ir comigo...

– Até agora você não disse para onde vai e já quer ir me levando.

– Submarino?

Espantei-me mesmo. Olhei Tarcísio tão calmo, sempre tão bonzinho.

– Isso mesmo. Vou trabalhar em submarino. É o meu sonho.

– Você não tem medo? Desde quando começou a pensar nisso que não me contou? Ah! Por isso há vários dias você está misterioso?

– Você não vai comigo? Deve ser uma maravilha. Descer no fundo do mar, um mundo diferente.

– É, mas você não viu o filme de Richard Dix[13]? O bicho ficou lá embaixo. Todo mundo com falta de ar. Eu não vou não.

– Mas você não gosta de nadar?

– Nadar é uma coisa, morrer sufocado é outra. Mesmo, como é que a gente entra pro submarino?

– Na Marinha de Guerra.

– E a nossa Marinha tem submarino?

– Esse é o ponto nevrálgico[14]. Ninguém sabe. Quem deve saber é Cascudinho. Vamos perguntar a ele?

– Mas se perguntar ele fica sabendo do seu segredo.

Estávamos tristes com os nossos grandes problemas. Se pensava em matar o irmão, era difícil, se Tarcísio queria ser de submarino, não existia no Brasil...

O relógio da matriz deu oito e meia.

– Vamos, Zé, se na sua casa descobrem que você se atrasou, perde a praia no domingo.

Caminhamos mais depressa.

– E o que você ia me contar?

O instinto da safadeza rasgou minha alma.

– Tarcísio, estou ficando como você. Estou ficando homem. Tá começando a aparecer cabelo aqui. Aquela penuginha loura começou a engrossar.

– Isso é assim mesmo. De repente, sem a gente notar, fica uma mata.

13. (1893-1949). Ator de cinema norte-americano. Atuou tanto no cinema *mudo* quanto no *falado*.

14. Aqui, o ponto principal, do qual depende tudo o mais. Vem de nervo, cordão ou feixe de cordões que conduzem impulsos de uma parte a outra do corpo.

– Você sentiu quando mudou?

– Não.

– Nem eu. Quer dizer que daqui a pouco a gente já pode fazer filhos?

– Vamos embora, Zé.

Apressamos o passo.

– Tem outra coisa.

– O quê?

– A empregada lá de casa subiu na cadeira para limpar a lâmpada da cozinha. E eu vi cada coxão grosso!...

– Vamos pra aula, Zé. É melhor a gente cortar pelo beco da venda de seu Artur.

– Por lá não, Tarcísio.

– Tá com medo da menininha?

– Ela é incrível! Eu já parei uma vez em frente da casa dela e briguei: "Você não se enxerga, fedelha! Vou contar pra sua mãe, sua enxerida! Pare de mexer comigo quando eu passo!".

– E ela?

– Ficou do mesmo jeito na janela, com as mãos apoiando o queixo e me disse: "Você é lindo!". Toda vez que passo lá está ela me esperando e me dizendo com os olhos, com o sorriso: "Você é lindo!". Qualquer dia falo com o pai dela.

– E o que você diz a ele?

– Olhe, doutor, sua filha não tem dez anos e vive se oferecendo para os homens!

– Grande homem é você! Também assim não se faz. Como é que ela se chama?

Uma curiosidade enorme me invadiu. A vaidadezinha do mocinho que despertava. Nunca havia perguntado o seu nome.

Entramos apressadamente no beco. Lá estava ela. Dessa vez não trocamos de calçada. Caminhei decididamente até a janela. Olhei as farripas[15] do cabelo da menina em desalinho. Enxerguei duas covinhas no rosto. Os olhos escuros se perdendo pelo riso. Dessa vez ela não diria, por causa de Tarcísio, que eu era lindo. Parei, encarando a guria nos olhos, e quase que a fala não saiu...

15. Cabelos curtos e ralos.

{ Segundo Capítulo }

PASSARAM-SE ALGUNS ANOS

– *Zé, que vida doida você leva!*

Tirei o sapato rapidamente.

– Faz de conta que a gente é menino de novo, Tarcísio. – Saltei e peguei firme no primeiro galho da mangueira velha.

– Mangueira comum, como vai?

Balancei o corpo às gargalhadas.

– Infância! Infância é a coisa mais desgraçada, mais covarde que já vi. Não trocaria a minha por um cocô de cabrito.

Ergui o corpo numa subida de barra e fui passando de galho em galho.

Tarcísio me acompanhava.

– Cadê o nosso galho, Tarcísio?

– É aquele.

– Possível? Parece que encolheu.

– É que os olhos da gente cresceram.

Enfiei-me na forquilha e fui olhando as folhas sem brilho da mangueira. Breve ela não daria mais frutos. Estava velha a mangueira comum. Dentro de poucos anos, como a vida não prestava mesmo, qualquer machado impiedoso a derrubaria. Árvore sem fruta suja mais o quintal do que qualquer outra. Burra! Quem mandava envelhecer. Coitada. Que maldade pensar assim. Pois se nós estávamos ficando velhos.

Tarcísio parecia me recriminar acompanhando os meus pensamentos.

– Zé, você já está com dezenove anos. Precisa tomar jeito.

– Não quero ser nada. Tenho coração de vagabundo. Quem quiser gostar de mim, me aceite como eu sou.

– "Geografia é matéria de vadio, de vagabundo."

– Pronto. Não está mais aqui quem falou.

Ri alegremente observando o rosto trigueiro de Tarcísio. Agora ele usava bigode. Um bigode fino, negro.

– Se eu deixar o meu bigode fica um troço louro danado. Preciso pintar com nanquim.

– Vamos falar seriamente, Zé. Você abandonou o curso mesmo?

– Claro.

– E que pretende fazer?

– Continuo pensando na Legião Estrangeira.

– Só que agora você precisa arranjar outra vítima: Irmão José morreu.

Um sentimento de pesar toldou sua expressão.

– E a gente nem pegou os feriados.

– Não diga isso, o velhinho era tão bom.

– Bom coisa nenhuma. Um velho filho da puta, gritando covardemente com a gente. Criando um terror na nossa meninice. Se lembra que na Sexta-Feira da Paixão ele atirou no cão do sítio para experimentar a pontaria? E o bichinho vinha de longe todo contente para fazer festa? A bala, pluct, pegou bem no meio da testa... Bom!...

– Não fale assim dos mortos.

– É outra coisa que não topo. Porque a pessoa morre vira santo.

– Eu não quero discutir, nem brigar.

– Então me dê um cigarro.

Acendi-o. Baforei liberdade para o espaço.

– Você é uma besta. Estragou tudo. Eu tava voltando a ser menino. Agora nem poderemos falar de seus submarinos.

– Meu submarino se transformou num pequeno curso de Direito que será interrompido por dois anos por falta de dinheiro. No momento tenho de trabalhar no Saneamento para juntar umas moedas e recomeçar os estudos em Fortaleza, que é mais barato.

– Seu trabalho é bom? Você se lembra daquela loira oxigenada lá do bairro da Lagoa Seca? Era amante de... me esqueci do nome. Você sabe que eu preciso deixar de fumar.

– Fale uma coisa só e não tudo ao mesmo tempo!

– Puxa, eu tinha uma inveja danada antigamente das suas calças boca de sino. Agora lamento não ter sua calma e lógica. Não vai mesmo. Sabe, eu vou parar de fumar porque recomeçarei meus treinos de natação.

Nadar sim, era bom. O corpo deslizando, deslizando, uma sensação de bem-estar como se cada gota d'água fosse um amigo querido.

– Acho que tenho mesmo sangue de índio[16]. Que horas são, Tarcísio?

– Três e quinze. Por quê?

– Nada. Tinha pensado em dar um pulo lá no colégio Marista.

– Vamos?

– Tenho medo de ver Irmão Feliciano e Irmão Ambrósio.

– Vamos embora?

– Então vamos.

Descemos da mangueira às pressas.

– Desgraça pouca é maleita!

– Não quer lavar os pés para calçar?

16. A mãe de Zezé, em O *Meu Pé de Laranja Lima*, é descendente de índios.

– Vamos enquanto não desisto. Um pouco de terra no pé lembra que um dia nós seremos pó.

Cheirei as mãos.

– Gostoso esse cheiro de casca que fica grudado na mão da gente!

– Nunca tinha reparado nisso.

De noite, sentado num dos bancos da pracinha, meus pensamentos se enrolavam confusos. Horrível aquela mania de pensar tudo ao mesmo tempo, de não ter tempo de coordenar cada coisa em seu lugar.

A praça grande, mosaicada, com uns pequenos repuxos de uma maneira insignificante. Bancos brancos de cimento ainda abandonados pelo cedo das sete horas da noite. Oh! Natal era uma cidade horrorosa, uma bomba! Não tinha em que trabalhar, como se trabalhar. Meu dinheiro vinha miúdo de uma pequena mesada de meu pai. Fazia o mercado todo dia, e minha mãe me pagava o que deveria pagar a qualquer homem que fosse contratado para tal. Ficava pensando num futuro negro, quando meus sapatos se acabassem ou as minhas roupas. Também quem mandara abandonar meu curso de Medicina para fugir atrás de um sonho? Ninguém. Mas era totalmente chato para pagar um curso insosso ter de trabalhar como censor de colégio, dar aulas particulares, ministrar alfabetização nos centros educativos operários. E a cidade de Recife se tornava quente, cheirando mal se chovia. E não era só isso, a pensão da Rua da Praia, defronte às casas de comércio, junto do Mercado de São José, tudo se misturando para criar aquele odor empestado de cebola, sal, maresia e mofo. De noite, no cansaço, os percevejos só faltavam carregar a gente do quarto para os corredores. No almoço, o bife duro mostrava bichinhos se locomovendo e, no jantar, uma banana-de-

-São-Tomé ou um pedaço de macaxeira acompanhando a transparência de um café abortado. Não. Pelo menos em Natal tinha o amor, os amigos de infância.

Fungava, enxugava o nariz e me sentia a criatura mais desgraçada do mundo. E a Companhia de Pesca? Um lugar garantido e de futuro? Tudo uma ilusão. Não havia dinheiro nem para comprar os barcos pesqueiros. Resultado era aquele, todo mundo me chamava de vagabundo, que não queria nada com a vida, que meus intuitos se prendiam apenas num *dolce far niente*[17]. Sorria de repente. E quem garantiria que não existia um fundo de verdade nisso tudo? Todo trabalho, toda ocupação me enfarava logo pela monotonia do igual. O desânimo se alojava comprido em meu íntimo enquanto suspendia minhas pernas no banco. Estava mesmo perdido. Próximo dos vinte anos e sem dar para nada... Melhor seria morrer. Entrar nadando mar afora, nadar até cansar. Depois dariam com meu corpo boiando, cheio de siri comendo os meus olhos. Aí sim, diriam com o crescimento dos que morrem: – Tão bom rapaz, tão forte, tão bonito.

Tornava a fungar e novamente a vontade de rir porque me lembrava do colégio quando o Irmão Ambrósio me dera uma nota setenta quando merecia cem em Português. Nunca chorara tanto, e ia fazer quinze anos. Maldade, ursada[18], perseguição. Aquele bruto, magro, caveiroso, fazia aquilo para me humilhar em frente da classe numerosa. Então, de tarde fui para a praia. Deixei a roupa na areia e saí nadando. Nadando, varando o mar morno de ondas enormes. Tudo morria na minha tristeza. Cada braçada sig-

17. Do italiano. Um ócio sem culpas. *Vagabundagem*.
18. Gíria da época: *traição*. Atitude de *amigo urso*, que é um falso amigo.

nificava uma decisão tristíssima. Não deixara uma única explicação para ninguém. Quem vai morrer não se preocupa com isso. E nadava para o mar alto, cada vez mais. Nadaria sempre até cansar, até que um cação me pegasse, até que a noite se aproximasse. E nem olharia para trás para ver as luzes pequenas da balaustrada de Petrópolis[19]. No colégio dariam um dia de feriado. Rezariam por mim, porque ninguém tinha certeza de que me suicidara. E a tristeza aumentando nos meus braços a vontade de nadar. Por curiosidade virei-me e parei de nadar. A praia ficara longe, as casas pequenininhas, pequenininhas. O mar enorme, azulão, balançando meu corpo e fazendo ao longe as dunas descer e subir. Tinha de recomeçar a nadar senão a vontade de morrer poderia fraquejar. Adeus, Conceição, Valdívia, Maria de Lurdes, Marli, Maria Apolônia, Ieda... Adeus, todos aqueles grandes amores de minha vida amargurada de quase quinze anos. Adeus, Carmem! Pensava nos retratos dela, vestida de baiana, que nem sabia que existia um homem como eu que gostava tanto dela... de longe. Adeus, Carmem Miranda, que enfeitava todos os cantos da parede do meu quarto.

Os braços principiavam a cansar. A respiração ofegava e, na ponta dos dedos, um encolhimento de frio. Foi quando ouvi uma voz gritando alto e não era ainda a voz de Deus.

– Menino! Você está doido? Aonde é que vai assim?

Uma jangada de pescadores balançava à minha frente. Nadei para lá e subi no seu dorso. Os pescadores me fitavam espantados.

– Que foi isso, moço?

19. Aqui, é um bairro da cidade de Natal.

Só então deparei que o espanto crescia porque saíra nadando de Adão[20]. Sentia-me tão cansado que mal podia respirar e responder.

– Se um cação te pega, moço?

Baixei os olhos e senti tontura com o ondular da jangada. Aos poucos, recompus a minha decepção.

– Foi me dando uma vontade de nadar... E eu não vi que estava tão longe.

– Cadê sua roupa?

– Tá lá. Na praia. Aonde vai essa jangada?

– De vorta pra Ponta Negra[21].

– Longe.

– Tá cum medo de vortá?

Claro que o medo rondava por todo canto. Ri tentando disfarçar.

– Não.

– Donde que você saiu?

– Da Praia do Meio[22].

– Pois entonce a gente leva você até aquela direção. Despois você pule n'água e pegue a correnteza que tá enchendo. Mas vá logo que fica de noite.

A jangada deslizou e eu encolhi as pernas, envergonhado, escondendo o sexo. Parecia que com a brutalidade do esforço meu sangue se tornara grosso nas veias. Não existia apelação; precisava retornar toda aquela distância com meus movimentos mais demorados.

Um dos pescadores riu e comentou alto:

– Magine se na praia roubaram a roupa dele.

20. Despido.

21. Praia localizada no bairro do mesmo nome em Natal, e a mais procurada pelos turistas.

22. Situada no bairro do mesmo nome, em Natal.

Deus do céu! Nem pensara nisso. Agora surgia mais outra razão além da noite, do cação, para apressar os movimentos do corpo cansado. Fechava mais os olhos e respirava fundo. Frio cortante do vento que a jangada aumentava.

– Agora, moço. Pule aí!

Agradeci e saltei. Num segundo a jangada se afastava dentro do mar que crescia e da tarde que escurecia o horizonte.

As luzes da cidade, da balaustrada de Petrópolis se encontravam mais brilhantes.

Minha roupa nem fora roubada.

Lembro-me de que cada braçada além da ação acompanhava uma ave-maria. Estava apavorado. Sentia a aproximação de peixes por todos os lados. Passara a vontade de morrer. Caí deitado na praia, gosto de sangue na boca, tremedeira nas pernas.

A noite se fazia mais, e eu sem coragem de me vestir e retornar a casa. Mas já que vivia então era aguentar as maiores decepções.

Quando entrei na sala todo mundo jantava. Minha mãe me repreendeu.

– Nunca você chega na hora de uma refeição?

– Não quero jantar.

– Por quê? Coma qualquer coisa...

Baixei a cabeça e atravessei a sala, subi as escadas e fui para o quarto. Gente aquela! Quase morria e ninguém tinha uma gota de carinho!

Apanhei o pijama e a toalha de banho. Queria lavar o sal do corpo, o fel da alma.

Depois no quarto, de rede armada, janela aberta par a par, nem conseguia respirar direito. E no entanto vinha aquele cansaço terrível que me entreabria a boca.

Passos na escada e meu pai penetrando grave no quarto.

– Que foi que aconteceu, meu filho? Por que você não jantou?

– Nada.

Virei os olhos para o outro lado para não chorar. Minha vontade era atirar-me entre os seus braços e contar tudo. Mas não tinha coragem. Ele nunca me tratava como eu gostaria. Minhas irmãs, sim.

– Por que não conta logo?

O rosto bonito de barba cerrada, o vermelho da face. Meu pai. Naquele instante senti que logo sairia daquela casa, andando pelo mundo, vagabundo de todo, catando ternura, pedindo amor. A vastidão da geografia dos vagabundos iria me acolher indiferente.

– Nadei demais. Fiquei cansado.

– Tire o paletó do pijama. Fique em pé.

Encostou o rosto no meu peito perscrutando meu cansaço.

– Respire forte.

Obedeci. Estranho aquela forma de carinho, mas desejava conservar a vida inteira meu pai assim perto de mim.

– Vire as costas.

Novamente o rosto nas minhas costas.

Ele ergueu-se.

– O que você fez?

– Nadei demais. Quase não posso respirar.

– Sente alguma dor?

Menti.

– Aqui em cima do peito, dói.

Meu pai tornou a auscultar-me e dessa vez mais demoradamente. Olhava seus cabelos negros, lisos, sem um fiozinho branco. Talvez ele não gostasse de mim porque eu era loiro. Devia ser. Não, o motivo devia ser outro. Eu não prestava para nada.

– Você está surdo?

Por uns instantes ele suspendeu a cabeça e me olhou espantado.

– Já lhe pedi duas vezes para respirar mais forte.

Voltou a observar-me.

Pensei na descoberta que fizera: quando eu ficasse doente meu pai me daria mais atenção.

Ele ergueu-se decidido, me deu um tapa no peito e riu.

– Nada. Só cansaço mesmo. Amanhã se não melhorar vamos tirar um raio X.

Foi até o seu quarto e voltou com umas cápsulas.

– Tome isso que você vai passar uma boa noite...

– Boa noite, Zé.

Tarcísio me fitava. A pracinha se iluminara totalmente, e uma porção de gente, sobretudo casais de namorados, gastava calçado e vida.

– Sente. Que foi que houve?

– Fiquei chateado com a visita ao colégio.

– Eu vi.

– Precisava Irmão Ambrósio fazer uma coisa daquelas?

Novamente a ação se desenrolava. A gente entrando no colégio com aquela alegria que renasce quando se esbarra com alguma coisa da vida apresentando tons de alegria. Primeiro fora aquela festa do Irmão Feliciano admirado de tudo. De como eu crescera, ficara forte, e uma certa discrição acerca da alma. Depois a batina impecável do Irmão Ambrósio descendo grave a escadaria. O olhar pesquisador, reprovativo desde o início.

– E então, seu Zeca?

– Foi.

– Deixou os estudos novamente?

– Era a única solução.

Irmão Ambrósio olhou para Tarcísio e sorriu, apertando os olhos claros numa atitude nervosa que a gente conhecia desde menino. Sua voz adquiriu uma crueldade dentro da maneira macia de falar.

– Está aqui um rapaz que deixei às portas da Faculdade e que não deu para nada.

Baixei os olhos com raiva. Toda a minha vida tinha sido aquilo. Irmão Ambrósio estimulando o meu orgulho para estudar, aquecendo minha vaidade; quando eu enchia muito, tratava com dureza os meus arrebatamentos chegando ao toque da humilhação.

– E agora, seu moço? E a tal companhia de pesca?

– Deu pra trás. Falhou.

– E o que faremos?

Tinha vontade de xingar, de dizer que não precisava dar satisfações da minha vida. Que ia fazer vinte anos, que era homem, já podia ter amantes, doenças venéreas, tudo... Mas calava-me. Num relance apareceu uma coisa que iria escandalizá-lo.

– Vou entrar para o teatro. Irei para o Rio. Vou ser artista de cinema... Vou...

Tarcísio estava me convidando.

– Vamos dar uma volta.

Caminhamos sem pressa.

– Zé, estou preocupado com você.

– Não se incomode, tudo passa. Um dia rebento os miolos, viro pipoca, sumo.

– Isso não resolve.

– Também não resolve nada todo mundo viver me criticando. Se engolir a palavra vagabundo engordasse eu era uma bola. Vagabundo em casa, vagabundo no colégio, os amigos me espiando e, se não dizem também, pensam.

A geografia abria os mapas na minha memória. Mato Grosso. Selva. Goiás. Selva. Índios. Selva. Ilha do Bananal[23], maior ilha fluvial do mundo. Selva. Meu Deus! Vou morrer, morrer, sumir. Vida essa desgraçada, triste, mesquinha.

– Por que você não arruma um emprego?

– Como? Não tenho carteira de reservista, já passei da idade de fazer Tiro de Guerra, CPOR só em Recife. Tenho de esperar é sorteio.

– Por que não pensou nisso antes?

– Não pensei, pronto. E daí?

Voltava para as minhas fugas. Pegaria caminhão, cortaria selva, desceria rios de canoa. Sol pela cara liberdade. Borracha. Febre. Já até sentia os delírios da maleita. Morrendo longe num rancho sem incomodar ninguém. Ninguém. Sozinho. Pronto. Acabava de vez com uma vida horrível.

Mas aos dezenove anos a tristeza nunca tem tamanha tragédia que impeça de ver as coisas belas da vida ou que demore mais de dez minutos quando se vê passar pela frente uma garota engraçadinha. Meus olhos se iluminaram.

– Quem é aquele bichinho, Tarcísio?

– Adivinhe.

– Sei lá. Estou chegando há pouco tempo. Sou mercadoria nova na praça.

A garota caminhou, virou-se e riu. Tornou a caminhar.

– Não sabe? Não sabe mesmo, Zé?

– Juro que não.

– É Sylvia. Aquela do beco.

– Não!...

– É, sim.

– Que coisinha mais engraçadinha!

23. Ilha localizada no estado do Tocantins, entre os Rios Araguaia e Javaés.

– Que é que você pretende fazer?
– Dar um jeito de encostar.
– Não, Zé. Estou falando dos seus planos. De coisa séria.
Dei uma gargalhada.
– Deixe de ser besta. Na primeira oportunidade, encosto.

{ Terceiro Capítulo }

AMOR

Assobiei diante do espelho. Dezenove anos, quase vinte.

Um homem. Penteava os cabelos caprichando ali, alisando acolá. A música nem tinha sentido e, se possuísse uma letra, jamais tanta petulância poderia ser traduzida:

Sou dono da noite,
Viva a vida!
Mulheres, garotas, garotas, mulheres...
Mulheres, garotas, garotas, mulheres.
Jantemos, jantemos.
Lá fora na noite tem estrela, tem estrela...
E eu hoje vou lá, de hoje não passo
Fo-foró-fofó...

Parei o assobio e ri. Até que a vida melhorara o meu nariz. Ainda meio batatinha, mas com um certo charme. Passava e repassava na memória as ruas de Natal, localizava todas as minhas artistas de cinema. Perto do Mercado tinha Deana Durbin[24]. Dorothy Lamour[25] junto do Grande Ponto. Mas a mãe nem dava oportunidade. Tinha Marina, uma mulata de olhos verdes, lá na esquina da Jovino

24. (1921-2013). Atriz e cantora canadense, que ficou famosa nas comédias e musicais de Hollywood.
25. (1914-1996). Atriz norte-americana, considerada uma das mais sensuais de Hollywood nos anos 1940.

Barreto. Mas aquela só bem tarde, no escuro, debaixo da mangueira. Que tal a Janete? Puxa que peixão!... É, mas o velho me recomendara cuidado porque diziam que ela esperava por um trouxa...

Diabo é quem garantia que eu não era maluco do pão!... Vinha então aquela alegria, aquela euforia, vontade de viver, amar, nadar. Ri de novo, nadar sim. O diabo do índio falava no meu sangue. Mar. Mar lindo. Marzão. Tudo meu. Mar morno, manhã perdida na areia, dentro d'água. Carão no almoço... Rio Potengi, maré cheia, rio cheio, gostoso. Até quase sete horas da noite. Repreensão no jantar. Hora. Relógio, tempo, vinte anos, jantar, jantar... De repente olhando meus traços, minha pele queimada fazia uma confissão a mim mesmo que me envergonhava, mas ao mesmo tempo satisfazia: – Sou um bocado forte, um bocado bonito...

Abri o quarto e saí para o jantar. Naquela noite toda a comida estava gostosa. Ninguém brigou. Minha mãe estava linda. Meu pai, um amigalhaço. Dava até para desconfiar. Na certa, no dia seguinte, ia ter... Mas nada importava. A noite, sim. A noite morna, mas com vento, e o vento provinha da praia, dos coqueiros, da areia, da maresia.

– Vou lá hoje.

– Aonde?

Estava falando sozinho. Nem reparara.

– Aonde o quê?

Encarei arrepiado minha irmã mais velha. Aquela bruxa sempre infernizara minha vida. Enredando, fazendo fuxico[26], se metendo. Quando fosse um dia, nunca mais haveria de falar com ela. Já a mais moça, que era somente minha irmã

26. Intriga.

de criação, deixava a vida da gente em paz. Ela também sofria nas unhas de minha irmã mais velha.

– Você quem falou.

– Não é de sua conta.

O velho me olhou reprovativamente. Calei-me. Melhor viver de pensamentos. "Vou lá. Descobri onde você mora, bichinho. Tá vendo em que dá mexer com menino. É bem perto da Avenida Rio Branco. Ela tem um irmão que é um bicho galgo. Bem, mas muque por muque..."

Virei o café e estendi o braço, cutucando o meu pai.

– Um cigarro, doutor.

Ele passou a carteira e o fogo. Minha mãe e minhas irmãs se levantaram, o velho subiu a escada batendo de um jeito que nunca esqueço os saltos do chinelo. Já me aprontava para sair, quando ele me chamou no terraço. Pronto. Não disse? É agora. Logo agora. Mas subi depressa. Ele sentara-se numa cadeira de balanço.

– Você chamou?

– Puxe uma cadeira. Sente aqui perto.

Cocei a cabeça, desorientado. Ele percebeu o meu gesto. Havia qualquer coisa de triste no seu modo de olhar para a noite lá fora.

Sentei-me perto.

– Está com pressa?

– Não. Sabe como é? É que...

Ele não respondeu à minha frase. Passou a mão pelo meu braço, alisando de leve os meus pelos. Que estaria acontecendo? Será que meu pai estava começando a gostar de mim? Engoli em seco e deixei que sua mão continuasse me acariciando. Até que estava passando a vontade de sair.

Perguntei baixo e humildemente:

– O que você quer comigo, doutor?

A mão no meu braço parecia querer contar tudo, mas meu pai não se decidia. Até que conseguiu quebrar o silêncio.

– Você está contente, hoje?

– Como nunca.

– Arranjou alguma garota nova?

– Ainda não está certo mas é quase. Que é que você tem para me contar?

– Não tem importância, depois a gente fala.

Seu modo de falar continha uma tristeza que dilacerava. Algo grave estava acontecendo.

– Eu já sei o que é. Não precisa dizer. Mas estou fazendo um esforço. Consegui na Companhia Costeira ser conferente de carga nos navios, quando houver falta de conferente. Pagam pouco, mas sempre é melhor que nada. Dá para comprar qualquer coisa para mim. Pelo menos é meu trabalho...

Comecei a misturar as coisas e nem me podia conter. Sempre aquele exagero de tudo, confusão de tudo. Nada com sobriedade, nada.

– Depois, quando acabar o exército, vou pra bem longe. É triste a gente ser vagabundo, só dar desgosto, trabalho.

A mão do meu pai apertou meu braço com força.

– Meu filho! Que é isso?

Vendo que eu fungava, tirou o lenço do bolso do pijama.

– Limpe esse rosto. Não era nada disso, seu bobo.

Fiquei olhando para a noite sem vontade de nada. Meu pai ria suavemente. O que mais me entristecia.

– Sabe o que me dizem de você, sempre?

Balancei a cabeça sem entusiasmo.

– Dizem que você é o rapaz mais bonito de Natal. Eu fico orgulhoso disso. Não se preocupe com o que se passa. Você ainda será muito importante na vida. Eu acredito muito no seu futuro...

Nunca meu pai me dissera uma coisa assim tão bela. Muitos anos ficara esperando por aquele momento. Custara tanto, mas sempre melhor com atraso do que nunca.

Ele continuava com calma.

– A gente custa a se encontrar, mas você ainda é bem moço, tem personalidade. Passou a zanga?

– Nunca fico zangado com você.

– E a garota?

– Eu ia lá por perto. Depois.

– Que negócio de emprego é esse do cais do porto?

– Um biscate. A gente toma conta de dois porões e conta a carga que sai e a que entra. Cada lingada contém doze fardos.

– Que diabo é lingada?

– É a carga amarrada que vem no guindaste.

– Onde você aprendeu tudo isso?

– Se lembra daquela noite que eu cheguei de manhãzinha e você ficou sem falar comigo pensando que eu estava na farra? Pois eu estava a bordo do Itahité, aprendendo para quando fosse preciso.

– Por que não me contou?

– Você foi logo ficando zangado sem perguntar.

– Tome um cigarro e vamos fumar o cachimbo da paz, juntos.

Ficamos baforando em silêncio.

– Vá ver sua garota. Você é um bom rapaz!

– O que você tinha para me contar, se não era o que falamos?

– Amanhã ou logo de noite quando você chegar. Você tem dinheiro?

– Estou liso.

Ele apanhou uma nota de dez mil-réis e enfiou no meu bolso.

– A garota pode querer ir ao cinema. Vá.

Levantei-me e, sem poder me conter, beijei o meu pai na face, sentindo a barba me arranhar o rosto. Aquilo eu só fazia quando viajava.

Saí e desci a escada em silêncio. Na rua sentia meu pai me acompanhando com a vista. E dessa vez meu coração estava muito alegre.

Parei perto do muro. Uma empregada espiava para a vida.

– Boa noite. Cadê Sylvia?

A empregada me observou curiosa. Demorou um segundo para responder.

– Ela saiu.

Vendo o meu desapontamento, riu e corrigiu a maldade.

– Dona Sylvia foi ali defronte. Tá vendo aquele sobrado aceso? Passe devagarinho que ela tá lá.

– Obrigado, beleza. Você é uma flor! Boa noite.

Rondei a frente da casa, até que Sylvia me descobriu. O bichinho conversava com duas moças. Acenei-lhe desajeitadamente.

Sylvia apontava o peito como se perguntasse: – Eu?

Balancei a cabeça afirmativamente. A moça desceu a escada do terraço apressadamente. Os seus olhos se perdiam e duas covas profundas apareceram junto da boca. Fiquei meio sem jeito de começar, mas a petulância da juventude me empurrava para a frente.

– Boa noite. Como vai?

Aquela coisa desaprumada do início. A mão pequena entre a minha, macia.

– Eu vou bem, e você?

– Eu? Eu estava passando por aqui e resolvi parar.

Sylvia foi mais precisa.

– O que você quer?

A certeza, a garantia da mocidade provocavam todo aquele convencimento.

– Vim namorar você.

Sylvia deu uma risada forte e balançou o corpo para trás do portão.

– Mas eu já tenho namorado.

– Que é que tem? Você acaba.

– Mas eu gosto dele.

– Isso é bobagem mesmo. Você não namorava comigo desde o tempo de...?

Fiz o gesto com a mão.

– E você não ia enredar a meu pai que eu não podia ver homem que me oferecia?

– Coisa de menino besta.

– Mesmo assim, não posso namorar com você.

Olhava dentro dos seus olhos pequenos e duas estrelas luzidias diziam o contrário.

– Tá bem. Se é assim, me desculpe. Boa noite.

Ela se arrependeu.

– Espere aí.

Como quem não queria, voltei.

– Como se chama o seu namorado?

– Nenéo.

– Nenéo não é nome de homem, é de passarinho. Não é um que vive fardado de Colégio Militar?

– Hum-hum.

– Mas aquele garoto não tem futuro para você.

Calamos um segundo, doidinhos os dois para conversar muito, duzentas e quarenta horas seguidas, no mínimo.

– Então...

– Não sei...

– Você não quer mesmo?

– Querer, eu quero, mas...

Novo silêncio.

– Que mãozinha pequena você tem!

Sylvia retirou a mão rapidamente e me olhou sorrindo. De novo aquelas covas furadinhas.

– Olhe, eu preciso entrar. Você quer ir ao baile de carnaval no Teatro Carlos Gomes?

– Vou.

Nem sabia se tinha dinheiro para pagar as entradas. Mas pediria emprestado a Tarcísio.

– Nenéo vai. Mas o teatro fica cheio, e a gente pode dançar muito. Agora 'té logo.

Apertei sua mão, e ela correu subindo as escadas do terraço. Na certa iria contar para as amigas ansiosas o acontecido.

Traco-traco-patraco... Caminhava como se nem sentisse os paralelepípedos desalinhados da rua estreita.

A alma cantarolava de novo, como um bonde barulhento:

...Vou pra casa
Num vou não.
Vou pra casa
Num vou não...

Menino, carnaval já vinha logo? Vinha sim. Que bom. Que bom. Subi na ponta da calçada e fui me equilibrando alegre no fiozinho da ponta.

...Vou pra casa
Num vou não...

Pois vou sim. Mas não fui. Sentei no banco da pracinha e fiquei vendo o nada. Nem reparava o movimento se acabando.

Nem o vento vindo friinho coçando as roseiras sem flor. Nem as luzes que diminuíram num segundo. O céu era aquele exagero de estrelas. Preguiçosamente reparei nas horas. Dez e dez. Lá em casa já estariam dormindo. Dei um salto para a realidade. E meu pai? Talvez estivesse ainda esperando por mim. Na certa rezara o terço e sentara em silêncio no terraço, fumando cigarros após cigarros.

Apressei os passos. Meu pai agora era o maior homem do mundo. E por que a gente brigava tanto? Ora por causa da missa, da Páscoa, de uma porção de coisas de Igreja que eu positivamente não gostava. Tudo errado. Desde pequeno no colégio assistindo missa todos os dias. Acordando cedo para tal sacrifício. Rezando e pensando com fome no café que viria depois. E muita reza, e mais reza e sempre reza. Entre cada aula, cada recreio. Zum-zum-zum de tanta reza. E as confissões que o padre brigava porque os pecados sempre se repetiam um bocadinho menos um bocadinho mais. Ora, Deus devia ficar zonzo com tanta importunação...

Porém, de agora em diante, não queria mais brigar com meu pai. Podia ser até que eu desse pra alguma coisa na vida. Pelo menos havia alguém que me acreditava ou começava a acreditar em mim.

E ela? Os passos foram diminuindo. Aquele tiquinho de mão que nem veludo. Uma dentada pegava tudo. Diabo que o carnaval estava perto. Olhe as horas, Zé!

Cheguei perto de casa e dei um assobio fino. Um lume vermelho redondo reacendeu-se. Ele estava lá.

Abri a porta e tirei os sapatos. De meia, não acordava ninguém.

Sentei-me a seu lado.

– Você está doente? Chegando tão cedo.

– São quase onze horas. Você espera enquanto num segundo tiro essa roupa. O calor tá danado.

– Vá.

Nem acabara de enfiar a calça do pijama e o velho entrara no quarto, fechando a porta. Sentou-se na minha rede e cruzou as mãos sobre a cabeça. Cada movimento meu era seguido. Tinha a impressão de que meu pai caíra na realidade e começava a me descobrir. Juro que gostava daquilo.

– Como você está queimado! Pare com essa natação, senão daqui a pouco você precisa usar *soutien*!

Bati no peito, orgulhoso.

– Isso é só músculo.

– Arranjou a garota?

Botei a mão no queixo e sorri para ele. Como meu pai era lindo! Como o amava!...

– Arranjei, sim. Ela tem outro. Vai acabar. Vou me casar com ela!

– Espere, vamos com calma. Por que você há de ser sempre assim, meu filho? Ou está triste demais ou excessivamente alegre. Ou gosta demais ou odeia. Ou nada pouco ou se mata. Ou deixa de ir à praia ou passa oito horas...

– Vocês sempre não dizem que sou oito ou oitenta e oito? Pois bem. Por que você veio conversar comigo no quarto? Que tanto mistério hoje?

– Não queria que ninguém escutasse.

Sentei no chão perto dele. Então era verdade. Ele me descobrira. Iria até me confidenciar um segredo. Não queria que ele olhasse meu rosto, mas por nada no mundo perderia qualquer daquelas palavras que iriam aparecer. Como há vários anos, observava os seus cabelos pretos. Agora um ou outro fio branco despontava.

– Ninguém pode saber disso. Mas talvez daqui a pouco tempo precise ser operado novamente.

Engoli um pé de espinheiro.

– De novo? Aquela complicação de rins, bexiga?

– É. Dessa vez, talvez seja uma coisa mais grave. Depois...

– Depois o quê?

– O meu coração não anda muito bem. O médico já me aconselhou a diminuir o fumo, e álcool só muito pouco. Regime alimentar também.

Ainda continuava tonto. De fato, meu pai estava bem gordo.

Encostei a cabeça na rede. Que raiva tinha de ser um homão forte e a todo momento ficar com os olhos cheios d'água!

– Quando vai ser a operação?

– Possivelmente dentro de três meses.

Suspirei aliviado. Pelo menos três meses, e em três meses tanta coisa poderia acontecer.

– Não há de ser nada.

– Espero.

Súbito, coisa que desde menino não acontecia: meu pai alisava meus cabelos, lentamente. Mexeu na rede.

– Vou dormir.

– Quer ficar aí mesmo? Eu durmo naquela cama.

– Não.

Nos levantamos ao mesmo tempo.

– Não fique preocupado. Isso passa... e segredo.

Caminhou para a porta.

– A bênção!

– Deus te abençoe.

Fechava a porta de minha ternura contra as suas costas.

Deitei-me e balancei a rede. Ia pra lá, pra cá. Os pensamentos novamente confusos. Se meu pai morresse, eu morria também. Mordia os lábios. Não, era muito cedo para isso. Depois todo mundo só morre quando quer. Ficava com os olhos molhados. Diabo de Deus! Toda a vida era assim, as coisas só me apareciam quando... quando eu não podia mais tê-las.

Virei para o outro lado. O sono pesava no corpo exercitado de tanta natação e sol. Sylvia. Claro que ela acabaria o namoro. E no carnaval. Gozado! Perto do carnaval eu ia fazer vinte anos. Precisava tratar da vida, ajustar tudo. Estava caminhando para solteirão. Dentro em breve, se não me casasse, começaria com os hábitos e ranzinzice de gente sem ninguém. A rede para lá e para cá. Sem um rangido porque não descuidava de olear os ganchos. Melhor apagar a luz. A mão do meu pai na minha cabeça. Não, você não vai morrer. Quando eu contasse para Tarcísio sobre Sylvia ele ia ficar besta. Preciso levantar para apagar a luz. Que sono danado. Mas nem pra Tarcísio conto o segredo do meu pai. Ele agora achava que eu começava a ser filho. Sorri. Sylvia. A luz...

Dormi.

Um sono só, pesado, amigo, moço. Pancadas na porta. Minha mãe entrando e apagando a luz.

– O mercado.

Lavar o rosto voando, escovar os dentes, vestir às pressas. Engolir uma xícara pequena de café. Pressa. Senão o mercado enche. Carne: patinho. Verdura: quiabo. O povo lá em casa já vivia farto de quiabo. Mas eu adorava. E no meu exagero passaria uma eternidade comendo quiabo. Voltava depressa, doido para pegar meu pai chegando da missa diária e tomar café perto dele ao menos. E logo hoje.

Abri a porta de carreira.

Ele já tinha saído para o trabalho.

– Por que demorou tanto hoje?

– O mercado estava cheio.

Menti. Demorei porque fui à igreja e rezei pelo coração dele.

– Que tanto vocês conversavam ontem à noite?

– Sobre o meu casamento.

– O quê?

– Vou fugir com uma moça para o Araguaia[27].

– Você está louco!

Dei um tapa no ombro de minha mãe.

– Bobagem. Vou ser franciscano.

– Tome seu café que é melhor...

27. O personagem está se referindo a regiões banhadas pelo Rio Araguaia, nos estados de Goiás, Mato Grosso, Tocantins e Pará.

{ Quarto Capítulo }

O AMOR CAUSANDO ENCRENCA

– Neném descobriu tudo!

– Que bom!

– Eu fiquei com uma pena danada dele. Embarcou para o Ceará sem falar comigo. Também não precisava sair assim zangado!

– Bichinho, olhe aqui: a gente ficou os três dias de carnaval dançando grudadinho, de rosto no rosto, como é que ele não haveria de ver ou saber?

– Tudo por sua causa. Ele era tão bonzinho.

– Deixe disso. Eu estou aqui. Você não perdeu nada.

Rodávamos a Praça André de Albuquerque sem parar.

– Vamos sentar naquele banco?

– Aquele não. É muito escuro.

E as mãos roçando de ansiedade. De vez em quando passava o braço pelos seus ombros, mas vinha gente, e ela empurrava toda a minha ternura.

– Fica quieto, Gum.

Passamos pela frente da Sé, entramos na Praça João Maria. Os bancos escuros, sob a sombra dos fícus-benjamins, Tudo um convite ao sonho. Estava escrito que Sylvia tomaria todas as nossas decisões.

– Estou tão cansada. Vamos sentar ali.

Banco gostoso de madeira, arredondado. Juntos, mais juntos, juntinhos. Tão escuro que só enxergava o brilho pequeno de seus olhos e assim mesmo muito perto. O sangue pulando cheio de cavalos doidos. A mão escorregando no meu braço. A boca ali se oferecendo e o meu medo de aproximação. Ela poderia fugir. Mas o quê! Foi ela que juntou os seus lábios nos meus no primeiro beijo. Então o mundo rodou, sumiu, zuniu, era o mar, era o vento, era o corpo voando no espaço, sangue latejando nas têmporas. As mãos aconchegando tudo.

– Vamos embora, Gum.

Dizia como se fosse a coisa mais natural do mundo. Eu permanecia.

– Vamos embora, Gum!

Caminhamos em silêncio um pedaço.

– Bichinho!

– Hum!

– Você cabe direitinho dentro dos meus braços.

– Vamos conversar outra coisa.

– Puxa! Há uma semana que eu desejava isso!

– Vamos pra casa.

Como a gente podia ficar caminhando somente com as mãos entrelaçadas depois de tudo aquilo? Mulher era bicho estranho mesmo. Sylvia sabia dosar bem os acontecimentos. Mas eu gostaria de ficar mais. De dizer coisas suaves, doces... ou de pensar coisas alucinantes com seu corpo entre os meus braços, meigamente, meigamente.

Chegamos perto de sua casa. Despedimo-nos. E foi só um aperto de mão.

– Bichinho, eu te amo!

– Tenha juízo, Gum.

– É sim.

– Você vem amanhã?

– Amanhã de tarde, passo às três horas para nadar no Rio Potengi. Estou treinando para a Regata. Todas essas tardes, nessa mesma hora, passarei.

– Passa mesmo?

– Passo.

– Espero?

– Eu te amo. Adeus!

Mercado, manhã na praia, almoço demorado olhando meu pai sempre com medo do segredo. Ele impassível, nem parecia que falara. Um cochilo no sofá. Olho nas horas. Quase três. Saía sem ninguém ver, com receio de que me pedissem para fazer qualquer coisa.

De longe, o vultinho de Sylvia no portão. A gente nem falava, ria mocidade. Ela vinha me esperar no cantinho do muro, e o muro vinha descendo até o portão. O muro era rendado de cimento. Eu parava no primeiro buraco. A gente conversava baixinho que nem Deus escutava.

– Você me ama?

– Hum-hum!... E você?

– Hum-hum.

Olhava para o lado. Não vinha ninguém. Pronto, pli--que-te o primeiro beijo. Soltava, descia um pedaço até outro buraco.

– Olha o povo, os vizinhos da frente...

Pli-que-te!

Outro buraco. Cuidado. Pli-que-te. Mais um buraco, outro pli-que-te. O último pli-que-te, mais longo, comprido. Depois seria o portão.

– Cuidado, Gum. Vem gente.

A gente disfarçava, desgrudava, conversava conversa sem conversa. Às vezes era até um conhecido. Dava boa-tarde.

– Só mais um.

– Vai embora que mamãe está lá dentro.

– Só unzinho.

Unzinho, unzão, unzinho, unzão. O portão.

Ela falava com tanta naturalidade.

– Você vai nadar?

– Estou treinando para a Regata. Mil e quinhentos metros.

Nos olhos, no rosto, em todo canto a gente conservando a mentira da conversa. Era bom que era!

– Isso que você tem na mão é o calção?

– É. Uma tanguinha. Tá vendo?

Fechava a mão, e o calção desaparecia.

– Você não tem vergonha de usar isso?

Franzia o nariz cinicamente.

– Não.

– Você?...

– ...amo sim. E?...

– Também.

Os olhos beijavam. Precisava ir. Pegar a maré enchendo. Só o rio verde, transparente, salgado, leve, molhando a alma da gente poderia entender por que eu não sentia as minhas próprias braçadas. Nem chegava a cansar. Depois do treino de quase três mil metros, voltava na proa de uma iole[28] e, no clube, ainda ficava saltando do trapiche[29]. Só quando o Sol ia desaparecendo e o frio da noite reclamava na pele é que a consciência de casa e a obrigação de jantar na hora certa chamavam a atenção de tanta mocidade solta.

Meu pai dera de me observar de uma maneira diferente. Sobretudo simpática. Por vezes levantava os olhos e encontrava os seus observando os meus menores movimentos. No jantar, sentado à minha frente, gostava de passar-lhe os pratos e ganhar o seu sorriso. Meu Deus, estava existindo. Era alguém para ele. Alguns instantes que podia falar-lhe a sós

28. Pequena embarcação para disputas esportivas.

29. Grande depósito de mercadorias importadas e para exportação.

perguntava amedrontado pela operação que se aproximava. Um mês, vinte dias. O receio, um nervosismo. Contando, segurando os dias para que não passassem.

Minha irmã mais velha levantara-se para apanhar um vidro d'água na geladeira e na volta parou defronte a todos.

– Vejam isso só!

Entre seus dedos balançava-se minha tanga de banho.

– Uma indecência.

Na pressa da chegada esquecera o calção sobre o muro do terraço.

Levantei-me de um pulo. Arrebatei com brutalidade a tanga de suas mãos.

– Me dê isso, sua...

– Sua o quê?

Engoli pra dentro de raiva. Sua o quê? Sua vaca, sua vagabunda, pedaço de estrume seco! Minha mãe me pegou pelo braço e me contive. Voltei ao meu lugar. Um dia ainda faria qualquer coisa para aquela tipa.

– Todo mundo aqui em Natal comenta suas imoralidades! Esses calções, o seu namoro nojento com aquela sujeitinha!

– Cala a boca!

Mas ela continuava resmungando. Que os meus pais não queriam ver, nem me chamar a atenção. Mas que todo mundo falava daquilo. E logo eu, de uma família católica...

Vinha então a minha covardia. A covardia dos meus olhos. Não podia fazer nada. Dizer nada mais. Por vontade sentava o vidro d'água na lata dela. O vidro, a geladeira, o ferro elétrico, o sofá. Deixava aquela diaba sangrando. Porém meu pai, o segredo, o esforço para não contrariá-lo nesses últimos dias. Para não estourar, meus olhos se enchiam d'água. Melhor era retirar-me. Empurrei a cadeira com força, subi a escada correndo e me sentei fungando no terraço. Um dia eu cometo um crime, mato alguém, estrangulo. E logo aquela peste grungrunhenta de religião, de beiço mole de chatear a Deus, de peito chato, sem moda e sem vaidade, vassoura de água benta... O que ela precisava era de um homem.

Meu pai chegara ao terraço quase sem fazer barulho. Levantei-me.

– Estou sentado na sua cadeira.

– Pode ficar.

Debruçou-se na grade e ficou fumando, calado.

– Vou sair.

– Aonde vai?

– Tenho um navio no porto. Às dez horas pego o serviço. Possivelmente vou até o amanhecer.

– Ainda não são oito horas. Por que não descansa um pouco?

– Não, papai. Não estou cansado.

– Converse um pouco comigo.

Fui me postar a seu lado. E em silêncio aceitei o cigarro que me oferecia.

– O trabalho é duro?

– Muito, não. Só que depois da meia-noite os olhos doem. As luzes do cais se confundem. O ruído do guindaste e a atenção fixa fazem a gente bocejar muito. A gente não pode errar. Tem um conferente de bordo trabalhando ao mesmo tempo. Se der um erro, toca a confirmar conta com conta.

– Isso é um trabalho horrível!

– Não me incomodava de fazer isso todos os dias ou todas as noites. Para que só consiga três, quatro navios por mês.

– Você tem arrependimento de ter abandonado o seu curso?

– Não.

– Por quê?

– Não sei. Melhor a gente não conversar disso.

Ele me olhou dentro da minha alma.

– Você não é feliz na minha casa, não é?

Cocei a cabeça sem saber o que responder. Fumei comprido. Por que eu não virava um coqueiro como aquele defronte que balançava na brisa da noite? Pelo menos não precisava responder nada. O máximo que podia acontecer era virar palmito. Não gostava de mentir e também não queria feri-lo nesses dias. Oh! Deus, meu Deus! Tomara que ele não morra, eu prometo tudo. Deixo até de nadar na Regata. Mas, se acontecer qualquer coisa, juro que você é o maior filho...

– Por você não, papai. Acredite. Mesmo quando a gente briga duro. Mesmo quando minha mãe me manda lhe pedir desculpas contra a vontade... Há qualquer coisa errada em mim que não vai... sou ruim mesmo.

– Breve você irá embora.

Apertei seu braço com força.

– Como você sabe disso?

– Eu fico olhando você muitas vezes. Não é possível tanta vida, tanta inquietação numa só pessoa. Natal é uma cidade pequena, e essa sua ansiedade clama por um mundo imenso.

– Você já falou com mamãe sobre?...

Ele apanhou outro cigarro.

– Não fume tanto. Esse é o terceiro em minutos.

Vi o cigarro se despedaçando entre seus dedos e o fumo deslizando para o chão.

– Essa semana começo a preparar o seu espírito.

Olhei meu relógio. Alguém num portão estaria ansiosa me esperando. Meu velho adivinhou o meu gesto.

– É ela?

– Hum-hum.

– Eu queria falar sobre isso, meu filho.

– A gente não vai brigar, vai? Eu hoje não quero, papai.

Calou-se. Insisti porque senão ficaria com um remorso doido.

– Fale assim mesmo.

– São os comentários que tenho ouvido, queixas, reclamações.

– Tudo por causa de um namoro. Oh! Isso é encrenca daquela...

– Não fale assim de sua irmã.

– Toda a minha vida desde menino foi assim. Aquela peste enredando, fuxicando, desgraçando minha infância. Nunca pude nadar escondido, arrumar uma namorada, pronto! As brasinhas do inferno ficavam acesas. Agora são os meus calções. Se eu fosse gordo, barrigudo, claro que não usaria tangas assim. Pra nadar é melhor. Só encompridaria minhas tangas se ela cortasse metade da sua língua...

– Por que você briga tanto com sua irmã? É a sua única irmã mesmo. Você não a leva para um cinema, para um passeio, para nada. No meu tempo minhas irmãs eram tão minhas amigas!...

– Não posso, papai. Não minto para você. É superior às minhas forças, eu odeio, eu odeio, eu odeio... Por que logo hoje ela veio enredar de novo?

– Não foi ela. Você não foi preso domingo na praia?

– Ia sendo.

A cena voltou à minha memória. O domingo de gente na praia de Areia Preta[30]. O delegado veio para mim. Antipático,

30. Na Zona Leste de Natal.

gordo, com o calção de banho cáqui tocando nos joelhos. Botou as mãos na cintura.

– Você não pode ficar nesses trajes na praia!

Sentei na areia. Os amigos que me rodeavam acompanharam a discussão.

– Por quê?

– Porque você está quase nu. Isso é praia de família. E é proibido tomar banho de calção branco.

– Esse é branco, é? Não sabe distinguir branco de creme?

– Ou branco ou creme o senhor vai já se retirar, senão chamo os soldados.

Ri na cara dele. Minha vontade era dar uma cabeçada naquela barriga e vê-lo sentado no chão se contorcendo. Os diabinhos acenderam minhas brasas.

– Chame. Daqui não saio.

O velho gordo correu para a estrada e chamou os dois soldados de ronda.

– Corre, Zé.

– Deixe chegar mais perto.

Voltava o gordo gesticulando e apontando para mim. Disse para um dos amigos:

– Leve minha calça para a Praia do Meio.

Quando os meganhas[31] chegaram perto, levantei-me de um pulo e corri para o mar. Dei um salto rápido no mar. Nadei um pouco e voltei-me.

– Venha me pegar!

O delegado vociferava.

– Eu lhe espero, desgraçado!

– Qua-qua-qua!... Venha me pegar, sua bruxa. Bote a jangada.

31. Gíria para *policiais*.

Saí nadando mar afora. Pra bem longe, depois virei em direção da Praia do Meio. A maré estava a favor, e o que seriam três quilômetros a mais nos meus treinos?...

– Você achou bonito isso?

– Não. Mas sei lá... Prometo que não vou mais de calção branco. A polícia queixou para você, queixou?

– O chefe de polícia falou comigo outro dia na missa. Ele também é da Congregação Mariana. Isso ainda não foi nada. Outra noite...

– Já sei, papai.

O escuro do pé de fícus-benjamim atrás da Sé, Sylvia e eu. A mesma conversa de sempre e cada vez mais gostosa: "Você me ama? – Claro, e você? – Oh! Gum, nem precisa perguntar, precisa?", e então os beijos, o rosto colado, as mãos criando circuitos, a felicidade cegando tudo. Mundo, que era bom, não existia. Só a gente. Beijos curtos, mordidos, úmidos, eternos... "Se um dia você me deixar eu morro. – Eu também... – É? Mas soube que você flertou com Ivonise ontem!... – Ela quem flertou comigo, meu amor. Não vamos brigar. Por que você perde tempo?..." Beijos mais ainda. Dinheiro para o cinema, não existia. Então toca a procurar cantinhos escuros, mas tão escuros que nem o irmão dela seria capaz de descobrir...

Súbito, um vulto parado na nossa frente.

– Esse namoro está muito indecente!

Era o chefe da Congregação Mariana.

Levantei-me, irritado.

– Isso não é da conta de ninguém. Boa noite.

O homem me reconhecera e, sendo amigo do meu pai, pronto, estava feita a trança. Voltamos a nos aconchegar. Que diabo, a gente nem estava tirando pedaço de ninguém. Quem olhava, virasse o rosto.

– Idiota, não é bichinho?

Que importava o mundo, os outros. Perder tempo é que não podia ser. Daqui a pouco chegava a hora de Sylvia ir. A sua confirmação da resposta já vinha em formato de beijo...

– Ele contou tudo pro senhor?

– Contou. Que idade tem essa moça?

– Vai fazer dezessete anos.

– Isso não dá certo. Vocês acabam fazendo uma besteira.

– A gente vai casar. Afinal já sou um homem.

– Casar com quê? Como? De que jeito? Você não tem nem emprego.

Baixei a cabeça, desanimado. Como o mundo era horrendo, monstruoso, sem fé, malvado. Mas perdia os meus argumentos. Cidade pequena era isso. Cidade pequena, língua grande.

– Agora vá. Senão você chega atrasado. Depois conversamos com mais calma.

Fiquei triste e sabia que, toda a noite conferindo carga, a tristeza tenderia a aumentar. Bosta, bolostroca, diabo!

– Não vou ver mais você hoje. A bênção...

{ Quinto Capítulo }

A PROMESSA

– Gum, você está vendo o filme!

Sentados, grudadinhos no balcão do velho cinema Royal, a gente costumava contar os minutos da projeção. Cinema antigo, passava de duas em duas partes e acendia. Então, todos os casais que buscavam aquele refúgio se endireitavam, tomavam postura.

Sylvia alisou meu rosto. O bolo se grudava na minha garganta.

– Você está chorando, Gum! Que foi?

Tentava angustiadamente me proteger, me abraçando mais.

– Vamos sair?

– Vamos.

Sylvia puxou a irmãzinha que nos acompanhava, e ela reclamou. Sempre um irmão pequeno ou uma irmã vinha com a gente. Quando acontecia ser a irmã, tudo corria bem. A bichinha se distraía no mundo da tela e nos deixava em paz. Já o irmão, não. Ficava de olho aceso observando nossas menores atitudes. Precisávamos de um cuidado absoluto. Resultado: a gente assistia tudo quanto era filme de *cowboy* para que o garoto esquecesse da gente.

Caminhávamos devagar. O seu rostinho preocupado, esperando que me decidisse a falar. Afinal, com muita ternura, indagou:

– É seu pai que não está passando bem, é?

– Hum-hum.

Pegava no meu braço e alisava de esponja de pó de arroz.

– Qualquer hora dessas ele vai para o hospital.

– Vou rezar por ele.

Pensava comigo. Tudo tão diferente. "Ela irá rezar por ele". Diferente do universo de comentários desagradáveis que faziam a nosso respeito, principalmente dela.

– É uma indecente!

– Do jeito que vai ela acaba...

– Andou no comércio e, quando o vento dava, se via que não estava usando combinação[32]!

Mas o grande desgosto do meu pai era outro. Nem queria pensar naquilo. Por que todo mundo tinha de interferir, importunar? Afinal não éramos crianças. Sylvia, uma mulher de quase dezessete anos, e eu, um macho de vinte. Melhor seria ter nascido numa época medieval. Romeu e Julieta[33] tinham dezoito e quatorze anos. Bosta, bolostra, diabo!

– Eu quero voltar para casa, meu pai estava com uma febre danada.

– Vamos, sim, Gum.

Aquela febre tornava-se uma coisa estranha. Seu rosto barbado aparecia vermelho, vermelho. O termômetro acusava quarenta graus. Chegava a variar, comentar coisas em delírio. No dia seguinte, tomava um banho frio e voltava a ser lépido e risonho. Ninguém diria o que ele passara na véspera.

Corria para a missa, tomava o seu café de costume e se dirigia calmamente para o Hospital dos Alienados, onde

32. Peça de vestuário feminino de antigamente, que se usava por baixo do vestido, para impedir transparências. Prendia-se por alças, aos ombros.

33. Personagens de uma tragédia de Wiliam Shakespeare (1564-1616). Tornaram-se ícones das histórias românticas.

era diretor. De tarde, quando passava pela Ribeira, na Rua Dr. Barata, onde tinha seu consultório, costumava vê-lo à varanda, enquanto os clientes não vinham, para tabaquear qualquer descanso em companhia dos outros médicos vizinhos. Nessas horas a touca branca cobria seus cabelos negros. Mexia comigo de lá de cima.

– Aonde vai?

Mostrava o calção.

– Vou treinar no Centro Náutico. A Regata.

Fechava a mão imitando um soco. Sorria. Entendia entre seu sorriso a palavra.

– Vagabundo.

Minha mãe nervosa aplicando uma injeção. Eu perto, calado, olhando ansioso sua melhora. Até que a cor normalizava. O gemido ia sumindo. O respirar cadenciava. Ele abria os olhos e parecia nos enxergar aos poucos.

– Um copo d'água.

O pijama ensopado de suor. Sentava-se na rede para ajudar a mudá-lo. Depois dormia a noite inteira calmamente. Nos momentos de sua doença como se tornava carinhoso para mim.

– Zezinho, me dê isso!

– Fique aqui.

– Você vai nadar hoje?

Pegava na minha mão, cochilava, seus dedos entreabriam-se, e minha mão resvalava. O estranho egoísmo me fazia desejar que ele adoecesse para me tratar daquele modo. Verdade que não desejava nada grave.

Mas nessa noite, não, ele passava muito mal. Vieram os médicos. Nem queria perguntar. Era o hospital, o hospital, o malvado hospital. Me empurravam para fora do quarto. Eu ficava rondando por perto, olhando tudo, querendo qualquer coisa para ajudar. Entravam no banheiro, saíam com as sondas e a água jogando, fumava para cima. Voltavam, cochichavam, fazendo o mistério da profissão.

Coçava a cabeça desnorteado. As horas se aglomeravam. Nada tinha significado no relógio. Os ponteiros dos minutos cortavam cruelmente os dos segundos.

Só pela manhãzinha ele melhorou. Os médicos retiraram-se fatigados. Levei-os até a porta. A cidade lá fora dormia. E longe um galo impaciente queria acordar o dia.

Quando subi os degraus da escada, minha irmã disse que ele queria ver-me.

Tinham-no quase sentado na cama de minha mãe. Um pouco de palidez aparecia no seu rosto. Sua respiração ofegava um pouco também.

Bateu com a mão na cama, convidando-me a sentar.

– Melhorou, papai?

Perguntei tão baixinho para que nem Deus ouvisse e fosse ficar com ciúme.

– Estou bem. Que horas são?

– Três e meia, por aí.

– Vá dormir. Senão amanhã você dá o prego no treino.

Os olhos iam se fechando numa calma sonolência. A cabeça pendeu adormecida. Esperei um momento e me levantei sem fazer barulho. Por pensar em Deus tinha tomado uma decisão.

Vou. Não vou. Vou. Não vou. Eu não disse que ia? Não estou perto? Coragem, Zé.

Indeciso na pequena praça, olhava para a igreja do Bom Jesus.

– Vai, besta! Que está esperando? Nessa hora não tem ninguém.

Sondava os lados. Ô diabo de vaidade! E se tiver gente que é que tem? Ninguém vai saber o que você tem para dizer. Só Deus. Pois o negócio é esse: Se é só Deus, por que não falo daqui mesmo? A consciência me empurrava mais. O "negócio" é que você prometeu que vinha falar na igreja.

Caminhei dois passos. Olhei o relógio: três horas. Hora do treino. Tum-tum-tum, ponteiro do coração. Vai. Não vou. Não vai? As portas centrais fechadas. Só uma de lado entreaberta. A pia de água esverdeada. A caixa de esmola que dava a impressão de nunca encher. Tum-tum-tum. O coração. Ninguém. Limpei o suor da testa. Os passos chiavam. Os bancos abandonados de um lado e do outro, descansando dos joelhos. Os altares do lado. Só meus passos. As velas acesas. O fogo subindo reto, sem uma oscilação de vento. Lágrimas de cera escorrendo no azinhavre dos castiçais. Fui andando mais. Quase em frente do altar-mor parei. Virei-me rápido para trás. Não entrara ninguém. Corri a vista pelos altares laterais com medo que os santos estivessem espiando. Nada. Tudo calmo, em paz. Hora de sesta. Cheguei bem em frente do altar-mor. A luz vermelha de Deus Sacrário estava acesa. A genuflexão. Sentado no banco. O cheiro da solidão de Deus, nas flores e nas velas. Tão diferente e eu nem podia fungar porque senão perdia o valor...

"Hoje ninguém perde, não! Tá pra nós!"

Gente por todo lado. Festa de sorrisos. Os clubes apinhados. O Sport, o Centro Náutico. Vinha também a Escola dos Aprendizes de Marinheiros. Na natação, eram duros. Gente falando. Confusão. Sentindo as mãos frias. Iole no rio tomando pose pra correr. Camisas vermelhas e pretas. Brancas e pretas. Lanchas chegando. O juiz. A reta. As beiras do Rio Potengi, do cais, apinhadas de gente.

Música tocando, foguete até. Remos chapinhando, peito batendo, palmas de fora. Vamos, pra frente! A chegada, zum, vum, chape-chape. Um inferno de gritos saudando os vencedores. Os nadadores esperando pela hora dos páreos. E era no peito, na raça, na dureza. Cada corrida de iole vinha interferida de um páreo de natação. No vestiário a gente conversava, vinha para a rampa do clube, recebia ordem para sentar, economizar energias. Massagem nas coxas. Cuidado recomendado com a batida dos pés. Mil e quinhentos metros não é sopa não. Deitava-me no banco ao comprido, mãos sobre a cabeça. Fechava os olhos. Os gritos lá fora, os foguetes, a música. Endoidara mesmo. Esperavam tudo de mim. Viera de fora, ia dar uma surra de mestre. Vou botar cem metros na frente. O negócio é aguentar o ritmo. E no fim a virada. Quando saísse d'água tinha dois metros de peito. Sentava-me, respirava fundo. Quase nu, minha tanga era um escândalo, mas quem queria saber disso naquela hora? Se eu nadasse ainda mais, nu, deixariam até que corresse sem roupa. De mais a mais meu corpo era bonito, esguio, forte, dourado. Vinha mais vaidade. Carregado na lancha ao lado dos adversários. Pronto. Perto da largada. Enche os peitos, Zé: Sylvia, de noite, ia ficar orgulhosa mesmo. Nem pensar mais. Só braço, perna, olho à direita, olho à esquerda. Força, raça, peito. O corpo arremessado n'água, deslizando. Todos os lados pensando a mesma coisa: vencer. Arrancar fôlego desde o cais até Refoles. Só então estariam coroados os esforços de tanto treino em dobro. Chegando ao fim tonto, morto quase, sem saber que já acabara. Sungado para cima da lancha, imprensado de abraços. Querendo respirar, deitar. A volta entre aclamações no clube. Esmagado, surdo de tanto grito... Tudo que poderia ser tão bonito...

E ali, diante da solidão de Deus, de lâmpada encarnada, pouco significava.

– Era isso que eu queria contar para você, Deus. Deixo tudo, meus olhos estão secos. Pode ver. Não vou nadar. Prometo. Mas você tem de ajudar ele na operação. Entendeu?

Ficava humilde e murmurava entre os lábios.

– Sei que você tem seus planos, mas modifique um bocadinho. Para outros eu vou passar por frouxo. Meu clube vai ter uma decepção danada. Vou mentir até, dizendo que o médico me proibiu de nadar por causa do coração. Pensa que isso não dói na gente?

Com os dedos tremendo, tirei o pacotinho benfeito de papel branco. Rolei o calção embrulhado na palma da mão. Era o melhor e não ficava com pena. Pode ver meus olhos, e você sabe que eu fungo à toa. Li o que estava escrito em cima: "PROMESSA. É FAVOR NÃO ABRIR. É FAVOR AMANHÃ JOGAR NO LIXO SEM ABRIR".

Fui saindo de cabeça baixa. As beatas que limpavam nunca violariam o segredo. Caminhei para o sol, mas alguma coisa morrera na minha alma. Sangue invisível ficara pingando no altar-mor.

Cinquenta e quatro, cinquenta e cinco... Cento e vinte e dois... Mil trezentos e trinta e oito... Passos para lá do corredor, para cá, novamente, cinquenta mil vezes. Rondava a sala de operação, e os vultos caminhavam por trás dos vidros. Nada. Não acabava mais. Minha mãe rezando, chorando mais do que rezando na capela. A tarde se acabando, mãos frias, vontade de fumar. Os pés que não paravam, doíam até.

A porta da sala de operação se abriu. Um médico saiu. Tirou o gorro. Limpou o suor da testa com as costas da mão.

– Tudo bem, doutor?

Riu calmo. Aquilo abrandou a minha angústia.

– Estão acabando. Logo levam para o quarto.

Corri a avisar minha mãe.

– Melhor você ficar aqui. Foi tudo bem. Quando estiver lá no quarto venho buscá-la.

O carrinho empurrado pelo corredor. O rosto pálido, a boca entreaberta. Um respirar fatigado. O cheiro de éter invadindo tudo. O coração pedia: – Cuidado, gente, cuidado. Mais cuidado, peguem o corpo com jeito. Olhe o travesseiro.

E veio o primeiro gemido, depois outro. Era assim mesmo. As pernas fraquejavam, fraquejavam, e o suor descia incontrolável sobre minha testa.

A noite correu em angústia. Tudo dera certo. Mas dera certo mesmo? E se os médicos estivessem enganando? Matava um por um com uma agulha de injeção no coração e bem devagarinho.

O dia surgiu para os olhos insones de minha mãe, para o meu nervosismo, deu coragem. Sempre a luz do dia afastava os terrores do escuro.

Durante dois dias meu pai ficou num estado de prostração enorme, só então melhorou. No íntimo, meus vinte anos garantiam que Deus gostara do meu calção.

E como Deus faz o tempo que tudo esquece, os dias foram se passando ligeiros. Agora ele comia, falava, estava corado. Ficava o mais que podia a seu lado.

– Zé!

– Hum.

– Estou doido para ir para casa. Aqui tem tanta mosca.

Enxotava-as com paciência.

– O pior é que elas não saem da minha cabeça todo o tempo.

– Dizem que é gente que quer nos falar. Eu sei de um jeito, quando quero dormir de dia e tocar as moscas.

– Como é?

– Eu passo flit na cabeça.

Meu pai ria devagar.

– Não posso rir, meu filho. Você tem cada ideia!...

– Durma que eu fico tocando.

Ele ia fechando os olhos. Quando os abriu de novo, já era noite.

– Você ainda por aqui? Cadê sua mãe?

– Ela foi em casa; eu a mandei descansar. Precisava apanhar umas coisas. Daqui a pouco ela volta. Precisa de algo?

– Sim. Acenda a luz do quarto.

Obedeci. Puxei a cadeira de balanço para perto de sua cama. Ele segurou na minha mão.

– Estou me sentindo fraco, meu filho.

– Você fez uma operação grave. Agora vai ficar totalmente bom. Dói muito?

– Não muito. O corpo é que fica cansado da posição. As costas ardem. Olhe como o colchão está quente.

– Está sim. Dá pra você segurar no meu pescoço e eu passar um pouco de talco nas suas costas?

– Dá.

Peguei o talco e debrucei-me sobre ele. Fizemos o que combinamos. Meu cuidado era maior do que se segurasse o vidro mais vidro do mundo. Deitei-o suavemente, mas mesmo assim um gemido escapou.

– Melhorou?

– Muito mesmo.

– Leite você pode tomar, não pode?

– Daqui a pouco.

Voltou a segurar minha mão.

– Zezinho!

– Hum.

– Eu queria lhe pedir uma coisa.

Garras de aço apertaram meu coração. Quase já adivinhava. Fazia parte da minha promessa aguentar tudo sem reclamar.

– Fale.

– Eu queria pedir para acabar com o seu namoro. Não dá certo. Ainda é cedo. Vocês são tão moços, sem juízo...

Mordi os lábios.

– O que você diz?

Baixei a cabeça e encostei sua mão em minha face. Nunca falei com tanta humildade e não era vergonha de Deus.

– Precisa tanto, papai?

– Enquanto é tempo, meu filho.

Não choraria mais. Nunca mais haveria de amar nada. Ninguém. O mundo era ruim. Levantei a cabeça e encarei-o nos olhos.

– Por favor, meu filho. Não me odeie. Não me olhe com os olhos assim tão maus...

O choque do pedido me imobilizava. Sem querer pensava trinta anos para a frente. Se um dia eu tivesse um filho, seria capaz de fazer o mesmo...

Foi então que sucedeu uma coisa que nunca vira antes. As lágrimas desciam pelas suas faces. Devia ter custado muito tudo aquilo.

Tirei o lenço do meu bolso.

– Limpe os olhos. Não chore, não. Eu não odeio você. Prometo a você que acabo tudo hoje mesmo. Pelo menos amanhã à tarde.

O coração me dizia: "Amanhã à tarde, não é domingo? Vocês não vão se encontrar no jardim? Vocês não combinaram isso porque o dinheiro não dava para o cinema?".

Ele puxou o meu rosto e me beijou.

– Obrigado, meu filho.

Voltei a sentar-me na cadeira. O mundo completamente sem música. Encarei-o tentando sorrir.

– Feche os olhos. Durma um pouco. Você não pode se emocionar muito...

Quinze dias depois, meu pai voltou para casa. Já andava vagarosamente. Levava-lhe os jornais todas as manhãs.

– Não é esse domingo agora a Regata?

– É.

– Você não tem treinado mais?

– Não. Estou fora de forma.

– Bobagem, com três dias você, com essa resistência que tem, recupera tudo.

Menti sem remorso.

– Não é bem isso. É que não tinham concorrentes para os mil e quinhentos metros. Seria vaidade nadar sozinho. O páreo maior é de oitocentos metros. Desisti. Afinal a gente treina tanto não é para nadar metade do que espera.

– Mesmo assim acho que você devia nadar.

– Oh! Não. Interromper uma regata mais de meia hora só por minha causa...

Ele abria o jornal e distraía-se. Saía. Procurava a rua. As ruas ficaram vazias. Ninguém notava que eu estava morrendo lentamente. Chegara até a emagrecer. Disfarçava dizendo que fora a preocupação com a saúde de meu pai. Nem cantava, nem assobiava. O sorriso se transmudara de um prazer para uma obrigação. Na mesa, comida descia forçada. Pior o tamanho das noites. Saía da minha rede e sentava-me no escuro olhando as estrelas até que o galo impaciente me fizesse dormir. Uma irritação surda tomou conta dos meus menores gestos. Algumas vezes descia para a zona de prostituição. Bebia. Aceitava convite de amigos para a farra. Não quis mais levantar-me cedo para fazer as compras do mercado. Se não gostava mais da praia para que levantar-me antes das dez horas? Calava minha boca a qualquer acusação. Nem queria mais olhar ninguém de casa. Até deixar de jantar eu deixei.

Melhor seria visitar Tarcísio.

– Não posso ficar com você porque vou ver minha garota.

– Sei.

– Verdade, Zé, que deu cagaço em você e não vai correr os mil e quinhentos metros?

– Se você é meu amigo, não acredite nisso.

Pronto. Diabo, bosta, bolostroca! Desde aquela noite no hospital não chorava mais. Agora estava novamente fungando.

– Que é isso, Zé?

– Nada.

– Você é tão esquisito!

– Não se importe, não. Vá ver sua garota.

Tarcísio continuava defronte do espelho ajeitando a gravata. Bati levemente nas suas costas e saí.

{ Sexto Capítulo }

O VAGABUNDO

Remexer a gaveta bem no fundo, no lugar misterioso, e trazer o retrato para a palma da mão. Tudo às escondidas como se fosse um crime. Vinham então à memória lembranças de meninice. A mania incontida de fazer mistério. Carregar tudo que era meu para o olho do pé de sapoti. Latas e latas amarradas com arame. Nos momentos de folga, até mesmo nas horas em que todos dormiam, me largava para o quintal, corria pelo muro e galgava o pé de sapoti. O mundo nem existia mais. Tudo era meu. Só o vento da tarde ou o sussurro da noite me embalando nas alturas. Roubava as coisas mais sem importância para esconder na minha mina. Escutava as empregadas resmungando:

– Tinha bem doze pregadores de roupa. Agora só acho sete.

Ria por dentro. Estavam na mina.

Gilete velha, faca sem cabo, todos os ferros, verrumas, tudo que tivesse ponta, surripiado da caixa de ferramentas do velho para quando eu fugisse para o Amazonas e chegasse a ser o deus branco de uma tribo imensa. Não deixaria vivo ninguém. Espetava todos os brancos conhecidos.

Pensava e pensava. Todos os brancos não. Irmão Feliciano era um que não ia. Tarcísio, também. O homem do sorvete, tão bonzinho, esse não. Mas minha irmã mais velha era a primeira. Vinha na frente, para dar exemplo. Todo dia não escutava dizer que a caridade começa de casa? ...E meu pai? Aí estava o problema. Ele não gostava de mim, mas não

poderia fazer nada contra ele. Perguntava ao pé de sapoti o porquê daquela indiferença. Não que me maltratasse ou brigasse. Mas eu existia, era gentinha já; todo mundo dizendo que eu era estudioso, imaginoso, um pouco esquisito, e ele nem me enxergava. O seu boa-noite ou a sua bênção continham um ritmo mecânico e frio. Seria porque eu não gostava de estudar piano? Também. Ficar nas escalas dum-dum-dum... dum-dum-dum-dum. Horas seguidas. Se descobriam que eu subia nas árvores e fazia calos ou endurecia os dedos, as brasinhas do inferno salpicavam. Devia ser por isso. Melhor seria com a minha tribo depois que conquistasse o Ceará, passar para Pernambuco. Antes fazia uma cilada, passando um telegrama para minha irmã. Ela pegava, ia até Mossoró[34], e a gente laçava ela para cozinhar com banha fervendo...

Tudo passava. O tempo destruía tudo com facilidade e, na palma da mão, o retrato de Sylvia vestida de marinheiro, lembrança do último carnaval.

Desde aquele dia não conseguira, melhor dito, evitara encontrar-me com ela. Ficava com ódio de mim mesmo. Então ia me destruindo. Vontade grande de não viver mais. De não comer, de não ir à praia, de nem olhar para meu pai nas refeições. Outras vezes sumia de Natal, caminhava para a Praia de Ponta Negra e só voltava noite alta. Vinha roxo de tanto sol. Comia qualquer coisa e ia dormir. Trabalho nos navios me aborrecia. Perdia a conta das lingadas. Ficava fumando a noite toda olhando os porões e pensando por que não ia embora. A frase do meu pai criava vida nos meus ouvidos: “Natal é uma cidade pequena. Você precisa de um mundo maior”. Não era assim?

– Telefonaram dizendo que o Araraquara está no porto. Precisam de você.

34. Município do interior do Rio Grande do Norte.

– Não vou.

Rodava pelas ruas. Esperava Tarcísio na porta do Saneamento. Pedia humilde:

– Tarcísio, me empreste dois mil-réis. Estou liso mesmo.

Caminhávamos juntos, e eu com vontade de contar para o meu grande amigo toda minha angústia. Engolia em seco. Sofrimento besta aquele.

– Vocês acabaram o namoro, Zé?

– Não dava certo mesmo.

Ah! Vontade danada de meter os pés, ir chutando os paralelepípedos da rua.

– Ela está namorando o Bob, filho de *mister* Knab. O de olho bem azul. O magrinho.

– Eu sei.

Bem que eu gostava de Bob, mas naquele momento dava um murro nele que o pendurava numa parede como decoração.

Guardei o retrato e fechei a gaveta. Olhei meu rosto meio barbado no espelho. Céus! Que cara de assassino. Mas não era pra menos. As mulheres são assim mesmo. Eu por mim se tivesse que viver mais... Mas quanto?... Eu era forte, forte. Digamos mais cinquenta anos. Pois bem, nunca mais olharia durante esse tempo para outra mulher. E logo ela que me condenava a toda hora, que me dava beliscões disfarçados quando espiava furtivamente outra garota. Quinze dias e zás!... Bob Knab!... Olho branco, mofino, guerenguenguem. Vou sair. Vou para...

Sentava-me na balaustrada de Petrópolis, olhando o mar imenso, azul, as espumas rendando a praia. O vento bruto no rosto assanhando o cabelo. Longe na boca da Praia da Redinha vinham os botes de pesca empurrando a tarde nas velas. No mar alto, em busca de Pernambuco, o iate veleiro, levando sal de Macau, corcoveava ao vento, molhando até a ponta da vela do traquete. A noite aparecia no mar sem pressa e sem dono. Fazia bem para a alma. As luzes da balaustrada acenderam-se, e as estrelas fizeram o mesmo no alto. O corpo dormente da posição reclamava movimento. Toca a caminhar nas velhas pernas, num mundo hostil. Pra casa jantar, não vou. Melhor comprar umas baganas[35] num tabuleiro e comer.

Por que diabo de vício era aquele que quando ficava triste procurava a pracinha antes do movimento grande? Afinal era uma praça grande, mosaicada, com fícus-benjamins raquíticos, com roseiras sem flor.

Passou um amigo.

– Zé, hoje vai ter jogo aqui, na quadra de basquete.

– Quem com quem?

– Sport e Banco do Brasil.

– Bom, não é? Tem cigarro aí?

– Rebenta peito: "Trocadero", serve?

– Em vista do nada: tudo.

Acendi o cigarro e fiquei novamente sozinho, agasalhando minha tristeza.

Uma moça passeava ao longe com uma criança. Tibaufe! O coração saltou doido. Era ela, não era. Estou vendo miragem. Vem vindo. Estalo as juntas dos dedos. Não é ela não. A menina é muito grande para ser sua irmã e está muito atrás dela. O jeito de andar é igualzinho. Também se fosse ela, não ia não. Está acabado, está acabado, já pusemos uma pá de cal em cima. Pronto. E mesmo não vou atrás de mulher nenhuma. Que fique com o inglesinho de olho azul, pele de papa-figo.

Era Sylvia e sozinha. Não quis ir, juro, mas o coração me empurrou. Sem saber como, estava à sua frente. Ela me rindo

35. Bolo ou doce de tabuleiro.

com as covinhas (do inglês, do inglês uma ova! Minhas). Nem demos as mãos.

– Como vai?

– Vou bem. E você?

– Estou ótimo.

– E seu pai?

– Quase bom.

– Estimo.

– Que está fazendo aqui, sozinha na praça?

– Sou uma mulher livre, não sou?

Os seus cabelos estavam enrolados em cachinhos.

– Gosto mais do seu cabelo solto.

– Gosta mesmo? É para variar.

Tinha uma indiferença que doía.

– Você está namorando Bob Knab, de novo?

– Amor antigo que renasce. Vim esperar por ele para assistirmos ao Jogo da Praça. Quem é que você acha que vai ganhar?

Mordi os lábios com ódio.

– O Sport.

– Eu também.

Caminhávamos sem pressa nenhuma, a bem dizer, grudados no chão. Sylvia sorriu para mim.

– Agora me dê licença. Bob pode chegar.

Afastou-se dois passos. Dei um pulo e agarrei o seu braço.

– Espere um pouco. Só uma pergunta: você fez esses cachos para Bob?

– Pra você é que não foi.

– Vai sair com Bob. Tem coragem?

– E por que não?

– Porque eu não quero.

Agarrei sua mão e puxei-a quase brutalmente. Atravessamos a praça e fomos para as sombras dos pés de benjamim. Puxei-a para mim e beijei-a. Uma, duas, mil vezes. O corpo despendia fagulhas, o coração ria de choro.

– Gum!

– Meu bichinho. Você não é de ninguém, é?

A resposta vinha na boca úmida, ansiosa.

– Você estraga meu cabelo.

– Que importa!

– E seu pai? Gum, você prometeu...

– Eu te amo, bichinho. Quase morri esses dias. Ninguém vai mais nos separar. Nem Deus, nem o diabo.

– Não fale assim, que dá medo.

Mais calmos agora, tinha Sylvia apertada entre meus braços. Passava a mão pelos seus cabelos, suavemente.

– Era para Bob mesmo? Você não gosta de Bob, gosta?

– Bob é só um amigo. Eu sabia que você voltava.

– Como é que me descobriu na pracinha?

– Você sempre me disse que, quando estava triste, se sentava na pracinha antes de encher de gente, lembra?

O rosto colado no rosto. Mais ainda.

– Gum!

– Hum!

– Nunca mais me deixe.

– Nem você!

– Você me...

O beijo comprido, molhado, roçado.

– Amo... E você?

Os lábios pedindo mais e mais e ainda, mais, ainda... Pai, mãe, estrela, mundo, Universo, Terra, gente, Deus... nada existia para a gente.

Crime maior ninguém poderia ter cometido. Nem Lampião[36] com os cangaceiros enforcando gente, rolando povo atrás dos cavalos. O raptor do filho de Lindbergh[37] possuía mais caráter e seriedade. Palavra dada em minha casa e palavra rompida, pelo menos no meu caso era sinônimo de grande degradação.

Pois que se danasse a humanidade. Mas se danasse mesmo. A hostilidade reinou em todos os ambientes. Na casa de Sylvia o irmão mais velho nos vigiava como um cão feroz. Já minha irmã mais velha ficava trazendo impressionantemente as novidades para casa. E tudo estourava na hora do almoço.

– Ontem ela andava sem combinação na Ribeira. Eu vi. Estava no Armazém Santa Teresinha, de dona Letícia Cerqueira, e vi com esses olhos que a terra vai comer.

– Como foi que você viu?

– O vento deu.

Vivíamos como dois criminosos, procurando escurinhos, lugares abandonados, sombras, distância de qualquer visão humana. Mas mesmo assim as intrigas da oposição continuavam.

36. (1898?-1938). Virgulino Ferreira da Silva, que ficou conhecido no Brasil como o Rei do Cangaço. Os cangaceiros eram bandos fortemente armados, que percorriam o sertão nordestino. Invadiam fazendas e pequenas cidades, e as saqueavam, mas também agiam, às vezes, a serviço de políticos e de proprietários de terras, ajudando-os nos conflitos locais. Embora haja muita discussão sobre o verdadeiro caráter do cangaço, oficialmente, eram considerados bandidos e, como tal, caçados pelas autoridades.

37. Foi um dos crimes de maior repercussão do século 20. O menino Charles Augustus, de 20 meses, foi raptado e morto. O pai, Charles Lindbergh, era um aviador famoso. Em 1927, num vôo sem escalas, foi primeiro a atravessar sozinho o Atlântico. O rapto foi em 1932. Bruno Richard Hauptman foi preso, julgado e condenado pelo crime, e executado em 1936.

– Todo mundo comenta enojado. Uma indecência! O filme quebrou na sessão das moças do Cine Rex, e os dois continuaram a se beijar...

À noite Sylvia vinha me falar. Seu pai encontrou-se com o meu. Estão apavorados.

"– Precisamos afastar essas crianças.

– Que poderemos fazer?

– Vou dar um jeito de mandar meu filho embora...

– Você falou que eles vão fugir para o Araguaia?".

Sylvia me pegava na mão.

– Você disse isso, Gum?

– Foi num momento em que me aperreavam demais. Ameacei.

– E nós vamos fugir mesmo? Vamos?

– Bem que era bom. Mas com quê? O dinheiro que conseguisse emprestado ou mesmo roubado não chegaria para a meia hora de caminho até Macaíba[38].

Abraçávamo-nos desanimados, e seu dedo macio penetrava por dentro da minha camisa e ficava desenhando o oito. Aquilo era bom.

– Por que você tem essa mania de fazer o oito no meu corpo?

– Não é só em seu corpo não. Em você é melhor. Mas quando fico nervosa começo a desenhar o oito depressa, depois vou diminuindo, diminuindo até que o oito fica uma coisa bem suave.

– Pois sim que isso faz efeito! Comigo conto até oitocentos e pipocas e quando acaba ainda tenho vontade de arrebentar tudo.

38. Município situado a cerca de 14 km de Natal.

– Querido, como você é exagerado!

Em casa novamente aquele atropelo. Caras fechadas, suspiros, indiretas, a palavra vagabundo tornando a criar raízes. Doía o silêncio de meu pai. Depois de tudo de aproximação, vinha aquele estremecimento incompreensível. Passei a evitar até pedir sua bênção. Apanhava atrasado meu prato feito na cozinha. De vez em quando dava com os olhos azuis de minha irmã mais moça, a de criação, que me olhava em silêncio, querendo prestar solidariedade.

– "Depois da novena, debaixo da chuva, vinha um casal indecente grudado nos beijos!".

– Éramos nós.

E, antes que a tempestade aumentasse, abandonava a mesa e saía de qualquer maneira para a rua.

– Vou-me embora, vou-me embora, vou-me embora!...

Meu pai estava querendo isso, todo mundo estava querendo isso, pois, então, lá vou.

Penetrei na Capitania dos Portos.

– Que é que há, Zé?

Ponciano me atendia, com um sorriso. Tínhamos sido sempre companheiros de clube. Ele jogava basquete pelo Sport.

– Ponciano, velho de guerra, isso é verdade? Apanhou o recorte do jornal onde anunciavam um concurso para a Marinha Mercante.

– É e vai ser logo, logo. Anunciamos com atraso.

Ponciano leu em voz alta:

"Prático.

Piloto.

Conferente de carga etc..."

– Ponciano, qual é que a gente começa ganhando mais?

– Piloto tem mais futuro, porque vai subindo de posto. Conferente já nomeado começa com setecentos mil-réis.

– Vou fazer esse... Já tenho prática do assunto.

– Você vai deixar as garotas loucas, fardado de oficial.

– É.

Suspirei aliviado. Ia. Juntava dinheiro e vinha buscar Sylvia.

– Dizem que o exame de saúde é duro.

Ponciano me deu um murro no peito.

– Logo você com essa tuberculose!...

Subi a escada do consultório. Nada no mundo me demoveria. Falei com a enfermeira. Meu pai me atenderia logo que acabasse uma consulta.

A eternidade durou na espera. Suava apesar de a sala não ser quente. Até que saiu uma velha e uma menina. Conversaram e perguntaram uma porção de coisas para se certificarem da receita.

Sem um sorriso, fez sinal para que entrasse.

– Sente.

Ele virou a cadeira de molas, sentou-se e recostou-se contra a escrivaninha. Em sua mão rodava o martelinho de reflexos. Nunca esqueceria o seu olhar analisante por mil anos que vivesse.

Cocei a cabeça, dobrei o corpo apoiando as mãos nos joelhos, e a fala não saía. E, quando a vista levantava, o martelinho paciente perguntava tudo.

Afinal não estava no juízo final, todavia, se o juízo final tinha aquela agonia, preferia sumir.

Enfiei a mão no bolso e retirei o recorte.

– É isso.

A calma de meu pai colocando os óculos. Minha tristeza sondando o efeito produzido. Nenhum traço se mexendo. O recorte colocado sobre a escrivaninha, os óculos rolando em vez do martelinho, entre os dedos.

– Preciso fazer esse concurso. Assim vou embora.

Os olhos dele nos meus olhos. Felizmente ia embora e deixava meu pai bom, pelo menos muito melhor.

– O que você escolheu?

– Conferente de carga.

– Piloto não tem mais futuro?

– Conferente de carga paga mais, no começo.

– E no fim?

– Não pretendo ficar a vida inteira na Marinha Mercante.

– Você fala como se já tivesse passado no concurso.

– Passarei. Nem que me dane todo.

– O que falta então? Dinheiro?

– Para os papéis. Você me empresta, e depois eu devolvo.

Só então ele quebrou a dureza. Riu. Criei uma nova coragem.

– Somos assim tão inimigos?

– Não, papai. Não. Ninguém me compreende.

Tive que baixar a cabeça, porque senão fungava e a covardia se alastrava nos meus olhos. Mas não cederia. Se bem que por um triz não me arremessei em seus braços, chorando: "Você sabe, papai, eu não podia ter prometido aquilo. Você não devia ter-me pedido. Eu estava morrendo, papai. Morrendo mais do que você, creia".

Dominei-me: "Sou um homem. Devo aguentar com as minhas consequências. Se não sair agora, teremos sempre aquele desequilíbrio em casa. Não ceda, Zé".

– Quanto você precisa?

– Perto de duzentos mil-réis.

Enfiou a mão por baixo do avental e apanhou o maço de notas. Foi somando devagar.

– Não chega. Vou fazer um cheque para a Caixa Econômica.

Duzentos mil-réis naquela época era dinheiro muito. Escreveu o cheque, antes ajeitando os óculos, e minha vista acompanhando os seus ombros, sua cabeça benfeita, com a touca médica.

Voltou-se rindo e me entregou o cheque.

– Boa viagem, Marinheiro!

Conseguia acompanhar os seus pensamentos. Ele não se decepcionava comigo. Sabia que buscava uma solução, porque jamais seria capaz mesmo de mandar-me embora. Ele estava abrindo para mim as portas do mundo. E sentia medo, para que mentir. Medo, o mundo era algo de enorme, a maior e a mais triste casa que um ente humano poderia receber.

Enrolei o cheque, nos dedos, depois dobrei e enfiei-o no bolso. O obrigado saiu confuso como um galo novo mudando a voz.

Levou-me até a porta. Falou para a enfermeira:

– Mande entrar o seguinte.

Ainda riu para mim antes de fechar a porta.

Desci a escada sem sentir o corpo. Na alma aquelas palavras de fogo: "Geografia é matéria de vagabundo!"

NATAL.

A LITERATURA DE

DOIDÃO

Zé e Zezé

"– Zé, que vida doida você leva!"
p. 24

"O amor causando encrenca."
p. 55

Era um adolescente como tantos, ou quase todos, tentando descobrir seu lugar no mundo. Inconformado com os rumos traçados muito antes de ele nascer. Seduzido pelo lado paradisíaco da vida – o mar, o *não fazer nada* sem culpas. Tomado da desobrigação com compromissos que pressupunham que ele assumiria. Da necessidade de se soltar, de correr riscos e cometer seus próprios erros.

Quem conheceu o menino de *O Meu Pé de Laranja Lima* e *Vamos Aquecer o Sol* o reconhecerá com facilidade neste adolescente e, depois, no jovem adulto, de *Doidão*. Há, sim, diferenças entre um e outro, mas apenas em alguns aspectos pontuais. Em vários outros e, principalmente, em sua essência, neste Zé, reencontramos Zezé.

Muitos argumentarão que o que liga ambos os personagens é o forte tom autobiográfico da trilogia. Evidentemente, é um fator importante, mas, não absoluto. Não se trata de um relato sobre a vida de José Mauro de Vasconcelos. Já as citadas diferenças entre Zé e Zezé demonstram que não ocorreu aqui uma simples troca de apelidos nem uma aplicação direta das memórias do escritor físico. Houve um processo de elaboração literária na construção dos personagens. E que inclusive possui um percurso curioso...

Doidão (1963) foi lançado anos antes de *O Meu Pé de Laranja Lima* (1968). O adolescente veio ao mundo antes do menino. Ou seja, o personagem de *Doidão* foi criado e consolidado com base no passado do autor, em seus antecedentes.

Foi desvendar, na infância do "Doidão" – repetindo: sem se preocupar em ser estritamente fiel nessa passagem de Zé para Zezé –, os seus conflitos, agora, *in natura*. A *inadaptação* de Zé aos limites que lhe são impostos, nessa leitura, se torna consistente com o Zezé que criava amigos imaginários, com quem conversava sobre a vida, e buscava nos livros de aventuras e nas telas dos cinemas um encanto, um charme, uma beleza que o cotidiano lhe negava.

As surras e privações de Zezé de *O Meu Pé de Laranja Lima* o fizeram buscar a imaginação como tática de sobrevivência. Assim, a imaginação se torna seu *habitat* e, em *Vamos Aquecer o Sol* – o título é bastante sugestivo –, mesmo em melhores condições materiais e afetivas (seus pais de criação o tratam muito bem), está irremediavelmente embutida nele a inquietude... que é resgatada no Zé, cuja *doidice*, tão característica da adolescência e da primeira juventude, consistiu em dar a si a chance de ter uma existência *aventuresca*, como sempre sonhou que a vida deveria (poderia?) ser.

Ambos os personagens possuem ainda, em comum, tanto uma imensa ternura, que os liga a pessoas especiais, como um apreço invulgar pela ternura que recebem. Zé e Zezé guardam dentro de si seus momentos que, se são preciosos, também causam dor. As carências de Zé vêm de Zezé. São o que faz Zé se lançar no mar, querer se perder no mar. Ambos compartilham também a melancolia, que confunde Zé, que o faz cogitar o suicídio. Mas o que ocorre é que Zé ainda lida mal consigo mesmo, com essa agitação interior, com essa *doidice*.

Zé *ainda* não *conheceu* Zezé.

Ou, se quiserem, o autor de Zé ainda não o havia elaborado em Zezé.

Embora sem referências mais precisas, a aproximação autobiográfica nos permite partir do princípio de que *Doidão* tem sua ambientação pensada para a virada da década de 1930 para a de 1940. No primeiro capítulo, Zé está com 14 anos. No segundo, *passam-se alguns anos*, e ele já tem 19.

Por outro lado, é um romance típico dos anos 1960. Outros tantos foram lançados, aqui e no exterior, narrando os passos hesitantes de uma geração que, desconfiada dos rumos que herdara, brigava contra o mundo pelo direito de construir novos destinos. E isso emergindo em abundantes e lindas incertezas, em hesitação alternando-se com rompantes, com atitudes súbitas, impulsivas. Zé tem urgência de viver.

Curiosamente, Zezé e Zé vivem sob a ditadura do Estado Novo, como o autor. José Mauro de Vasconcelos passou quase a totalidade dos anos em que escreveu a trilogia sob a ditadura iniciada em 1964. Os contextos históricos, nos dois casos, não incentivavam a aventura nem a imaginação. No entanto, em ambos os personagens, essa *resistência* pode ter sido um dos elementos determinantes para cativar tantos leitores. E, quem sabe, este Zé-Doidão, assim como o Zezé-Encantador-de-Mundo, não seja algo de que a gente precise nestes tempos contemporâneos de secura pragmática globalizada?

O caso é que, já em *Doidão* – como faria nos dois outros romances da trilogia –, José Mauro busca atingir seus leitores oferecendo-lhes a intimidade de seu protagonista, tornando-os solidários com ele, ou mais ainda, cúmplices dele. Em palavras simples, ele pretende que seus leitores *gostem* de Zé.

... A tal ânsia pela ternura...

E consegue.

Na virada dos anos 1930 para os anos 1940

O mundo em guerra... Outra vez! E outra vez!

A carnificina da Primeira Guerra Mundial, a maior que a humanidade já havia assistido, até então, ao que parece, não fora o bastante. Desta vez, entretanto, na Segunda Guerra Mundial havia pelo menos um ideal em jogo – a luta contra a tirania, a reconquista da autonomia das nações invadidas, a liberdade. Hitler, cujo nome causava calafrios desde a primeira vez em que surgiu, com suas ideias, nos jornais, assumiu o posto de chefe de Estado na Alemanha em 1934. Cinco anos depois, como antecipara, ordenava a ocupação da Polônia, deflagrando a Segunda Guerra Mundial, que se estendeu até 1945.

Podemos estimar que *Doidão* vá até o início dos anos 1940. Entretanto, José Mauro de Vasconcelos vivenciou os desdobramentos daquela década...

A rendição da Alemanha expôs ao mundo o horror dos campos de concentração, onde milhões de pessoas, principalmente judeus, foram assassinadas, mas também comunistas, homossexuais, ciganos e todos os que não se enquadrassem nos ditames de pureza racial, política e comportamental nazistas.

Na extensão da guerra para o Oceano Pacífico, os EUA e seus aliados enfrentavam a ofensiva expansionista japonesa. Em 6 de agosto de 1945, uma bomba atômica foi lançada sobre Hiroshima e, no dia 9, outra, sobre Nagasaki. Quase que de imediato, o Japão se rendeu incondicionalmente. Até hoje, não houve como determinar o número de vítimas – entre as dezenas de milhares que morreram na explosão e os que sucumbiram, ao longo dos anos seguintes, por conta das sequelas da radiação. Nunca antes e, felizmente, nunca depois, bombas atômicas foram usadas como armas de extermínio em massa.

Enfim, a humanidade teve um vislumbre da sua face mais cruel, por conta das guerras. E nem assim soube encontrar um caminho para a paz. Na sequência da Segunda Guerra Mundial, o planeta foi arrastado para um conflito que opunha, de um lado, os EUA e seus aliados europeus, e, de outro, todo o bloco centralizado na extinta União Soviética. Washington *versus* Moscou. CIA *versus* KGB, tendo como coadjuvantes o MI6, o Serviço Secreto Britânico, e similares. Poucos aficionados da leitura deixaram de passar pelos best-sellers de *espionagem* da época. Poucos amantes de cinema perdiam os filmes em que agentes secretos solitários, quase superpoderosos, salvavam o Ocidente de ser destruído pelo *perigo vermelho*.

Era a Guerra Fria. Fria somente no nome, já que seus principais oponentes não entravam em confronto direto – ou seria o apocalipse nuclear, o fim de tudo. No entanto, trocavam hostilidades em várias partes do mundo, transformando-o num imenso tabuleiro, em que estava em jogo a sobrevivência da humanidade. As ditaduras na América Latina – inclusive no Brasil –, a Guerra do Vietnã e tantos outros episódios foram *lances* dessa disputa, que durou até o final dos anos 1980.

Este foi o mundo em que José Mauro criou seus personagens. Não seria de estranhar se as apreensões do autor e de seus leitores, mesmo com seus Zé e Zezé inseridos em contexto diferente, os alcançassem.

No Brasil...

A Revolução de 1930

Em 1930, o gaúcho Getúlio Dornelles Vargas (1882-1954) liderou um golpe de Estado que derrubou o então presidente Washington Luís, impediu a posse de seu sucessor eleito, Júlio Prestes, e tomou o poder.

Até então, as oligarquias agrárias de Minas e São Paulo vinham se revezando na presidência do país. Era a chamada

"Política do Café com Leite". O golpe de Vargas interrompeu esse arranjo, prometendo moralização política, promover o progresso do país e de sua população. No entanto, poucos avanços foram produzidos. Logo se demonstrou que o autoritarismo que mantinha Vargas e seus aliados no poder era um caminho ineficaz para o desenvolvimento.

Intentona Comunista

A oposição a Vargas era intensa em vários setores da população. Os grandes proprietários rurais não se conformavam com o fato de terem sido privados de controlar diretamente a máquina de Estado, em seu benefício. A classe média reivindicava mudanças que ampliassem suas oportunidades. Havia os que exigiam uma reforma democrática nas estruturas políticas do país – algo a que o Governo Vargas, por sua natureza, era incapaz de incrementar –, e os que centravam fogo na necessidade de superar as imensas desigualdades sociais que pesavam sobre a maioria do povo.

Em 1935, o movimento que ficou conhecido como Intentona Comunista reuniu militares opositores ao governo e o Partido Comunista Brasileiro (PCB), numa tentativa de derrubar Vargas. O golpe fracassou. Natal foi um dos poucos centros onde aconteceram alguns confrontos, que não chegaram a ameaçar o poder federal. O Partido Comunista Brasileiro foi declarado ilegal e inúmeros de seus militantes, encarcerados. Muitos foram assassinados.

Olga Benário, judia e alemã de nascimento, mulher de Luís Carlos Prestes, líder do PCB, foi presa e, em 1936, como presente de Vargas ao Governo Nazista, foi deportada para a Alemanha. Estava grávida. Sua filha, Ana

Leocádia, sobreviveria, mas Olga seria executada numa câmara de gás coletiva.

Estado Novo

Em 1937, para acalmar a oposição, Vargas concordara em marcar eleições para o ano seguinte. No entanto, logo denunciaria novo complô do Partido Comunista Brasileiro para tomar o poder. O complô nunca foi comprovado. Mesmo assim, Vargas cancelou as eleições e instaurou no país um regime ditatorial, que ficou conhecido como Estado Novo.

Nesse período, o país foi submetido à censura, opositores ao governo eram presos e torturados, a repressão tornou-se generalizada, e personalidades, como o escritor Jorge Amado, tiveram de se asilar no exterior.

O Brasil na guerra

Vargas pretendia manter uma posição de neutralidade durante a Segunda Guerra Mundial. Isso porque, de um lado, havia a forte influência norte-americana no país, e a simpatia geral da população à causa dos aliados. De outro, Getúlio sofria pressões dentro do próprio governo, já que muitos de seus membros eram declaradamente defensores dos nazistas.

Em 1942, em consequência do torpedeamento de navios brasileiros por submarinos alemães, o povo foi às ruas exigir que Vargas declarasse guerra a Hitler e a Mussolini, o chefe de Estado da Itália fascista. Vargas cedeu, em agosto daquele ano. A Força Expedicionária Brasileira, formada para atuar na Segunda Guerra, teve destacada atuação na Itália.

Com a derrota dos nazistas, o autoritarismo do Estado Novo tornou-se insustentável. Era a vitória da liberdade no mundo, repercutindo num país que se orgulhava, agora, de ter ido aos campos de batalha para defendê-la. Vargas foi deposto em 1945, e o Brasil deu início a um período democrático, que somente seria encerrado pelo golpe de 1964.

Destaques da obra

A personalidade

"Cascudinho"

Luís da Câmara Cascudo (1898-1986), que os garotos do colégio apelidaram de "Cascudinho", nasceu, sempre morou e morreu em Natal. Foi um dedicado historiador da sua cidade (*História da Cidade de Natal*, 1947). Sua obra é fundamental para o conhecimento de diversos aspectos do patrimônio cultural de nosso povo.

Em particular, Câmara Cascudo dedicou-se ao estudo do folclore, que, na sua visão, tem uma abrangência que vai muito além das lendas e festas, e alcança todas as manifestações da cultura tradicional – vestuário, culinária, música, entre outros.

Seu livro mais conhecido é o *Dicionário do Folclore Brasileiro*, de 1954. Para a redação dos verbetes, convidou várias personalidades da época, como o Maestro Guerra Peixe, Nelson Romero e Heitor Villa-Lobos.

Na primeira edição, encerra a nota de abertura com a seguinte frase: "Toda a alegria do trabalhador está na sinceridade do esforço, na emoção da tarefa, na lealdade da intenção".

Pela obra que deixou, trata-se de palavras bastante representativas do homem, do professor, do estudioso Luís da Câmara Cascudo.

A cidade Natal

Local de ambientação de *Doidão*, como já fora o cenário urbano de *Vamos Aquecer o Sol*, a cidade de Natal, capital do estado do Rio Grande do Norte, foi fundada em 1599.

Originalmente, a terra era dos índios *potiguares* – e até hoje potiguar é um sinônimo para as pessoas nascidas ali, ou para coisas daquele estado.

Antes da chegada dos colonizadores portugueses, em 1535, os franceses já paravam seus navios por lá, para contrabandear pau-brasil, fornecido pelos potiguares. Franceses e potiguares se uniram para impedir o estabelecimento dos portugueses, e tiveram êxito por muitos anos. Daí veio a ideia de se construir uma fortaleza, em local estratégico, no litoral, na foz do Rio Potegi, tanto para repelir os navios franceses como para abrigar as tropas lusas, em combate constante com os potiguares. Assim foi iniciada, em 1598, a construção do Forte dos Reis Magos, junto do qual se formou um povoado, batizado a princípio de Cidade dos Reis, e, depois, de Natal.

Sua localização geográfica a coloca como o ponto, nas Américas, mais próximo do Continente Africano. Por isso, na Segunda Guerra Mundial, os Aliados solicitaram ao governo brasileiro permissão para construir ali uma base aeronaval, que apoiaria as ações norte-americanas no Oceano Atlântico e na África. Vargas autorizou-a, entre outras medidas decorrentes da declaração de guerra contra a Alemanha e a Itália.

Com a base funcionando, seus efetivos passaram a circular pela cidade, transformando-a num centro internacional. A partir daí, o crescimento de Natal acelerou-se.

Hoje, a população de Natal passa em muito dos 800 mil habitantes, com alto investimento no setor de turismo, por conta da beleza do litoral do estado, onde o sol brilha na maior parte do ano. Aliás, Natal é chamada de A Cidade do Sol.

José Mauro de Vasconcelos nasceu em 26 de fevereiro de 1920, em Bangu, no Rio de Janeiro. De família muito pobre, teve, ainda menino, de morar com os tios em Natal, capital do Rio Grande do Norte, onde passou a infância e a juventude. Aos 9 anos de idade, o garoto treinava natação nas águas do Rio Potengi, na mesma cidade, e tinha sonhos de ser campeão. Gostava também de ler, principalmente os romances de Paulo Setúbal, Graciliano Ramos e José Lins do Rego, sendo estes dois últimos importantes escritores regionalistas da literatura brasileira.

Essas atividades na infância de José Mauro serviriam de base para uma vida inteira: sempre o espírito aventureiro, as atividades físicas e, ao mesmo tempo, a literatura, o hábito de escrever, o cinema, as artes plásticas, o teatro – a sensibilidade e o vigor físico. Mas nunca a Academia de Letras, nunca o convívio social marcado por regras e jogos de bastidores. José Mauro se tornaria um homem brilhante, porém muito simples.

Ainda em Natal, frequentou dois anos do curso de Medicina, mas não resistiu: sua personalidade irrequieta impeliu-o a voltar para o Rio de Janeiro, fazendo a viagem a bordo de um navio cargueiro. Uma simples maleta de papelão era a sua bagagem. A partir do Rio de Janeiro, iniciou uma peregrinação pelo Brasil afora: foi treinador de boxe e carregador de banana na capital carioca, pescador no litoral fluminense, professor primário num núcleo de pescadores em Recife, garçom em São Paulo...

Toda essa experiência, associada a uma memória e imaginação privilegiadas e à enorme facilidade de contar histórias, resultou em uma obra literária de qualidade reconhecida internacionalmente: foram 22 livros, entre romances e contos, com traduções publicadas na Europa, nos Estados Unidos, na América Latina e no Japão. Alguns de seus livros ganharam versões para o cinema e o teatro.

A estreia ocorreu aos 22 anos, com *Banana Brava* (1942), que retrata o homem embrutecido nos garimpos do sertão de Goiás, no Centro-Oeste do Brasil. Apesar de alguns artigos favoráveis dedicados ao romance, o sucesso não aconteceu. Em seguida, veio *Barro Blanco* (1945), que tem como pano de fundo as salinas de Macau, cidade do Rio Grande do Norte. Surgia, então, a veia regionalista do autor, que seguiria com *Arara Vermelha* (1953), *Farinha Órfã* (1970) e *Chuva Crioula* (1972).

Seu método de trabalho era peculiar. Escolhia os cenários das histórias e então se transportava para lá. Antes de escrever *Arara Vermelha*, percorreu cerca de 3 mil quilômetros pelo sertão, realizando estudos minuciosos que dariam base ao romance. Aos jornalistas, dizia: “Escrevo meus livros em poucos dias. Mas, em compensação, passo anos ruminando ideias. Escrevo tudo à máquina. Faço um capítulo inteiro e depois é que releio o que escrevi. Escrevo a qualquer hora, de dia ou de noite. Quando estou escrevendo, entro em transe. Só paro de bater nas teclas da máquina quando os dedos doem".

A enorme influência que o convívio com os indígenas exerceu em sua vida (costumava viajar para o "meio do mato" pelo menos uma vez por ano) não tardaria a aparecer em sua obra. Em 1949 publicava *Longe da Terra*, em que conta sua experiência e aponta os prejuízos à cultura indígena causados pelo contato com os brancos. Era o primeiro de uma extensa lista de livros indigenistas: *Arraia de Fogo* (1955), *Rosinha, Minha Canoa* (1962), *O Garanhão das Praias* (1964), *As Confissões de Frei Abóbora* (1966), *Kuryala: Capitão e Carajá* (1979).

Essa produção resultou de uma importante atividade que o ainda jovem José Mauro exerceu ao lado dos irmãos Villas-Bôas, sertanistas e indigenistas brasileiros, enveredando-se pelo sertão da região do Araguaia, no Centro-Oeste do país. Os irmãos Villas-Bôas – Orlando, Cláudio e Leonardo – lideraram a expedição Roncador-Xingu, iniciada em 1943, ligando o Brasil interior ao Brasil litorâneo. Contataram povos indígenas desconhecidos, cartografaram terras, abriram as rotas do Brasil central.

O livro *Rosinha, Minha Canoa*, em que contrapõe a cultura do sertão primitivo à cultura predatória e corruptora do branco dito civilizado, foi o primeiro grande sucesso. Mas a obra que alcançaria maior reconhecimento do público viria seis anos depois, sob o título *O Meu Pé de Laranja Lima*. Relato autobiográfico, o livro conta a história de uma criança pobre que, incompreendida, foge do mundo real pelos caminhos da imaginação. O romance conquistou os leitores brasileiros, do extremo norte ao extremo sul, quebrando todos os recordes de vendas. Na época, o escritor afirmava: "Tenho um público que vai dos 6 aos 93 anos.

Não é só aqui no Rio de Janeiro ou em São Paulo, mas em todo o Brasil. Meu livro *Rosinha, Minha Canoa* é utilizado em curso de português na Sorbonne, em Paris".

O que mais impressionava a crítica era o fato de o livro ter sido escrito em apenas 12 dias. "Porém estava dentro de mim havia anos, havia 20 anos", dizia José Mauro. "Quando a história está inteiramente feita na imaginação é que começo a escrever. Só trabalho quando tenho a impressão de que o romance está saindo por todos os poros do corpo. Então, vai tudo a jato."

O Meu Pé de Laranja Lima já vendeu mais de dois milhões de exemplares. As traduções se multiplicaram: *Barro Blanco* foi editado na Hungria, Áustria, Argentina e Alemanha; *Arara Vermelha*, na Alemanha, Áustria, Suíça, Argentina, Holanda e Noruega; e *O Meu Pé de Laranja Lima* foi publicado em cerca de 15 países...

Vamos Aquecer o Sol (1972) e *Doidão* (1963) são títulos que junto com *O Meu Pé de Laranja Lima*, compõe a sequência autobiográfica de José Mauro, apesar do autor ter iniciado a trilogia com o relato de sua adolescência e juventude, em *Doidão*. *Longe da Terra* e *As Confissões de Frei Abóbora* também apresentam elementos referentes à vida do autor. No rol das obras de José Mauro incluem-se, ainda, livros centrados em dramas existenciais – *Vazante* (1951), *Rua Descalça* (1969) e *A Ceia* (1975), e outros dedicados a um público mais jovem, que discutem questões humanísticas – *Coração de Vidro* (1964), *O Palácio Japonês* (1969), *O Veleiro de Cristal* (1973) e *O Menino Invisível* (1978).

Ao lado do gaúcho Érico Veríssimo e do baiano Jorge Amado, José Mauro era um dos poucos escritores brasileiros que podiam viver exclusivamente de direitos autorais. No entanto seu talento não brilhava apenas na literatura.

Além de escritor, foi jornalista, radialista, pintor, modelo e ator. Por causa de seu belo porte físico, representou o papel de galã em diversos filmes e novelas. Ganhou prêmios por sua atuação em *Carteira Modelo 19*, *A Ilha* e *Mulheres e Milhões*. Foi também modelo para o Monumento à Juventude, esculpido no jardim do antigo Ministério da Educação, no Rio de Janeiro, em 1941, por Bruno Giorgi (1905-1993), escultor brasileiro reconhecido internacionalmente.

José Mauro de Vasconcelos só não teve êxito mesmo em uma área: a Academia. Na década de 1940, chegou até a ganhar uma bolsa de estudo na Espanha, mas, após uma semana, decidiu abandonar a vida acadêmica e correr a Europa. Seu espírito aventureiro falara mais alto.

O sucesso do autor deve-se, principalmente, à facilidade de comunicação com seus leitores. José Mauro explicava: "O que atrai meu público deve ser a minha simplicidade, o que eu acho que seja simplicidade. Os meus personagens falam linguagem regional. O povo é simples como eu. Como já disse, não tenho nada de aparência de escritor. É a minha personalidade que está se expressando na literatura, o meu próprio eu".

José Mauro de Vasconcelos faleceu em 24 de julho de 1984, aos 64 anos.

"E foi assim que
eu ganhei a minha
roupa de poeta.
E eu fiquei
lindo!"...

Dados Internacionais de Catalogação na Publicação (CIP)
(Câmara Brasileira do Livro, SP, Brasil)

Vasconcelos, José Mauro de, 1920-1984
Doidão / José Mauro de Vasconcelos;
[ilustração Laurent Cardon, Jayme Cortez];
suplemento de leitura e notas Luiz Antonio Aguiar. – 4. ed.
São Paulo: Editora Melhoramentos, 2018.

ISBN: 978-85-06-08414-4

I. Contos – Literatura infantojuvenil
I. Cardon, Laurent. II. Cortez, Jayme. III. Aguiar,
Suplemento: Luiz Antonio. IV. Título.

18-22923 CDD-028.5

Índices para catálogo sistemático:
1. Contos : Literatura infantil 028.5
2. Contos : Literatura infantojuvenil 028.5
Iolanda Rodrigues Biode – Bibliotecária – CRB-8/10014

Projeto e diagramação: APIS design/Editora Melhoramentos
Suplemento de leitura e notas de rodapé: Luiz Antonio Aguiar
Ilustração de capa: Laurent Cardon
Ilustrações de miolo: Jayme Cortez

4ª edição, 2ª impressão, julho de 2025
ISBN 978-85-06-08414-4

Atendimento ao consumidor:
www.editoramelhoramentos.com.br
sac@melhoramentos.com.br
CNPJ: 03.796.758/0001-76

Impresso no Brasil